1. Auflage 2006
Mons Verlag, Taubenplatz 42, 67705 Trippstadt
Tel.: (0 63 06) 99 32 22
E-Mail: monsmu@aol.com
www.monsrecords.de

Umschlaggestaltung: Atelier Scheib
Layout und Satz: Zippo Zimmermann, www.designladen.com
Redaktion: Günter Verdin

Printed in Germany
ISBN 978-3-00-019776-5

Inhalt

Vor-Worte

Nur so dahingereimt …

Günter Verdin

Dort wo man dichtet, lass' dich ruhig nieder,
denn Reime liest man gerne immer wieder.
Manch einer macht sich dichtend Luft:
Mein Buch beginnt mit BLUMENduft,
vom Gänseblümchen bis zu stolzen Rosen,
fehlt noch ein Werk über Mimosen,
so gelb wie Kükenfedern, wenn nicht gelber:
ach so, Mimose bin ich selber.
Doch kann ich gut Kritik vertragen.
Empfehle nur: es solle keiner wagen!

Den BLUMEN folgt, rein alphabetisch,
COMPUTER-Lyrik, auch mal goethisch!!!
Des LEBENS WEISHEIT lehrt uns sehen
und sinnend auch in uns zu gehen,
da SCHILLERt Geist in Tief und Breite,
wie kostbar ist da jede Seite!

Nun will ich gerne überleiten
zur Lyrik der VIER JAHRESZEITEN:
Ich stelle fest, etwas beklommen,
der Herbst ist da zu kurz gekommen,
deswegen wohl, weil Heiterkeit
kaum steht für diese Jahreszeit.
Wir aber wollen – muss ich's beteuern? –
in Reimen schwelgen und auch feiern:
Die FESTTAGE, die uns durchs Jahr begleiten,
färben bunt die nächsten Seiten.

Ich hab natürlich nicht vergessen
die hohen Lieder auf das ESSEN,
davor gibt's SCHÜTTELREIM, beGLÜCKend,
und KINDER – Märchen, wie entzückend!

Und wenn MUSIK der LIEBE Nahrung ist,
und manch Gedicht darüber Offenbarung ist,
so will ich keineswegs versäumen,
den Themen viel Platz einzuräumen.

Ich habe darauf hoffend eingeleitet,
dass Sie mancher Vers begleitet
auch in dunklen Lebenslagen,
drum will ich TROST Ihnen nicht versagen.
Wir ahnen: wo das Leben heiter ist,
dass das Schicksal schon viel weiter ist
um Prüfungen für uns zu bereiten:
deswegen TROST für diese Zeiten!

Und noch ein Reim-Wort an die im Urteil schnellen
und Nase rümpfenden Intellektuellen,
die orten der Gedichte Heim
in Türmen, die aus Elfenbein.
Erspart Euch Euren Übermut:
Man liest nur mit dem Herzen gut!

Es wäre wohl um diese Welt
besser und glücklicher bestellt,
wenn Menschen sich auf alle Sachen
statt Unfug einen Reim drauf machen

(Wer dichtet ist besonnen sehr,
oder ist Installateur ...)

Ihnen lieber Leser, liebe Leserin
jetzt viel Vergnügen! Ihr Verdin

Dichtung und Wahrheit

Max Eyth

Hast du's erlebt?

Du bringst uns wunderliche Sachen,
Zum Weinen bald und bald zum Lachen;
Wahrscheinlich weißt du sie zu machen,

Doch ob sie wahr sind, weiß man nicht.
Zwar manches gleicht bekannten Zügen,
Dem äußern Scheine mag's genügen.
Doch ungern läßt man sich belügen,

Und vieles klingt wie ein Gedicht.

Kaum stimmen manchmal Ort und Zeiten!
Du ließest sichtlich dich verleiten
Im Leichtsinn, Pegasus zu reiten;

Dies, werter Freund, ist uns zu viel.
Wir gehn zwar gern auf allen vieren,
Doch wer will Flügel kontrollieren?
Und schwer ist's nicht, uns anzuführen

Am Brahmaputra und am Nil.

Wohl hast du manches selbst gesehen.
Man spürt zuweilen fast das Wehen
Der Wirklichkeit: doch das Verdrehen

Scheint dir ein angeborner Hang.
»Gedächtnisschwäche?!« – »Tropenhitze?!«
Nichts derart decket meine Mütze.
»Druckfehler?!« Bitte, keine Witze!

Druckfehler sind nicht seitenlang.

Man spielt doch nicht mit Metermaßen!
Auch ist mit Zahlen nicht zu spaßen,
Und du tust beides ganz gelassen:

Weißt du auch, Freund, wie du uns quälst?
Drum rund heraus, gesteh es ehrlich!
Das meiste glaubt man dir doch schwerlich,
Und diese Halbheit ist gefährlich:

Hast du erlebt, was du erzählst?

Ich hab's erlebt: aus dunkeln Schachten,
Wenn feurig rings die Wetter krachten,
Wenn sie die schwarzen Leichen brachten,

Die Leichen und das rote Gold!
Wie in der Werkstatt finstern Hallen
Die harten Hammerschläge fallen,
Zermalmend, schaffend, Heil uns allen. –

Doch glaubet, was ihr glauben wollt!

Ich hab's erlebt – am öden Strande,
Im Meeresbrausen, fern vom Lande,
Im hoffnungslosen Wüstensande,

Auf den die Sonne tötend brennt,
Wie doch, gleich einer Himmelstaube,
Des Menschen arbeitsfroher Glaube
Ihm schaffen hilft, im Sturm, im Staube. –

Doch glaubet, was ihr glauben könnt!

Ich hab's erlebt: im tiefsten Herzen
Erlebst du mehr an Lust und Schmerzen,
Als fünfzig Jahre auszumerzen

Vermögen, es vergißt sich nie.
Auch dort ist's Arbeit, Kampf und Streben.
Was könntet ihr dafür wohl geben,
Nähmt ihr aus diesem harten Leben

Die Wahrheit seiner Poesie?

Gedicht von Gedichten
Rudolf Presber

ein gedicht
das nicht zu begreifen ist
möchte vielleicht betastet sein

ein gedicht
das nicht zu betasten ist
möchte vielleicht betreten sein

ein gedicht
das nicht zu betreten ist
möchte vielleicht betrachtet sein

ein gedicht
das nicht zu betrachten ist
möchte vielleicht begriffen sein

Leicht zu sagen
Heinz Erhardt

Du irrst, wenn du sagst, es sei leicht,
was Leichtes hinzuschreiben,
was lustig – aber nicht zu seicht –
die Sorgen hilft vertreiben.

Leicht ist, ich bitt' dich zu verzeih'n,
das sogenannte Ernste,
das braucht nicht angebor'n zu sein –
das kannste bald, das lernste!

Blumen

Das Rosen-Innere

Rainer Maria Rilke

Wo ist zu diesem Innen
ein Außen? Auf welches Weh
legt man solches Linnen?
Welche Himmel spiegeln sich drinnen
in dem Binnensee
dieser offenen Rosen,
dieser sorglosen, sieh:
wie sie lose im Losen
liegen, als könnte nie
eine zitternde Hand sie verschütten.
Sie können sich selber kaum
halten; viele ließen
sich überfüllen und fließen
über von Innenraum
in die Tage, die immer
voller und voller sich schließen,
bis der ganze Sommer ein Zimmer
wird, ein Zimmer in einem Traum.

Gänseblümchen

Heinz Erhardt

Ein Gänseblümchen liebte sehr
ein zweites gegenüber,
drum rief's: »Ich schicke mit 'nem Gruß
dir eine Biene rüber!«

Da rief das andere: »Du weißt,
ich liebe dich nicht minder,
doch mit der Biene, das laß sein,
sonst kriegen wir noch Kinder«

Rosen

Erich Mühsam

Liegt einer fest in Rosenketten,
Kann er sich nicht durch Kosen retten.

Scherzhafte Gedanken über Rosen

Johann Christian Günther

An Rosen such ich mein Vergnügen,
An Rosen, die die Herzen ziehn,
An Rosen, die den Frost besiegen
Und hier das ganze Jahr durch blühn,
An Rosen, die wir bei den Linden,
Sonst nirgends leicht so reizend finden.

Man lobt die bräunlichen Violen,
Sie sind auch ihres Lobes wert;
Doch weil sie nur die Kinder holen,
So bin ich nicht für sie erklärt
Und wähle mir die holden Strahlen,
Womit die vollen Rosen prahlen.

Erhebt mir nicht die Kaiserkronen,
Die sonder Kraft und Balsam sind;
Entfernt euch mit den Anemonen,
Ihr Nam' und Ruhm ist nichts als Wind;
Narzissen sind im besten Lande
Ein Abriß Abbild von dem Unbestande.

Die Rose trägt das Blut der Götter
Und ist der Blumen Königin,
Ihr Antlitz sticht das schönste Wetter
Und selbst Aurorens Wangen hin,
Sie ist ein Stern der milden Erden
Und kann von nichts verfinstert werden.

Die Ros' erquickt die blöden Sinnen
Und hat das beste Zuckerrohr;
Ihr goldner Umfang bricht von innen
So wie die Sonn' aus Nacht hervor;
Die Rose nährt die süßen Triebe
Und reizt die Liebe selbst zur Liebe.

Mit Rosen schmück ich Haupt und Haare,
Die Rosen tauch ich in den Wein,
Die Rose soll für meine Jahre
Die allerbeste Stärkung sein,
Die Rose zieret meine Flöten
Und krönt mich mächtigen Poeten.

Auf Rosen mach ich gute Reime,
Auf Rosen schläfet meine Brust,
Auf Rosen hab ich sanfte Träume
Von still' und warm' und weicher Lust,
Und wenn ich einst von hinnen fahre,
So wünsch ich Rosen auf die Bahre.

O dürft ich nur bei einer Rose
Wie Bienen Honig naschen gehn!
Ich ließe wahrlich unserm Bose
Den schön' und teuren Garten stehn
Und wollt es mir bald angewöhnen,
Mich nie nach fremder Kost zu sehnen.

Mit dieser Rose will ich scherzen,
Und hier erschreckt mich nicht der Dorn;
Denn bei verliebt' und schönen Herzen
Ergötzt uns oft ein kleiner Zorn,
Und so viel Anmut abzubrechen,
Verachtet man ein kurzes Stechen.

Von den heimlichen Rosen

Christian Morgenstern

Oh, wer um alle Rosen wüsste,
die rings in stillen Gärten stehn –
oh, wer um alle wüsste, müsste
wie im Rausch durchs Leben gehn.

Du brichst hinein mit rauhen Sinnen,
als wie ein Wind in einen Wald –
und wie ein Duft wehst du von hinnen,
dir selbst verwandelte Gestalt.

Oh, wer um alle Rosen wüsste,
die rings in stillen Gärten stehn –
oh, wer um alle wüsste, müsste
wie im Rausch durchs Leben gehn.

Computer

Computeranalyse

Ernst Ferstl

Du,

sprach der Computerfachmann

zu seiner Freundin,

mit deiner Hardware bin ich

zu neunundneunzigkommasex Prozent

zufrieden,

aber deine Software

lässt noch zu wünschen übrig:

Sie muss einfach noch viel,

viel benutzerfreundlicher werden.

Ok?

Der Erlkönig
Wer surft so spät durch Nacht und Netze
Frei nach Goethe

Wer surft so spät durch Nacht und Netze?
Es ist der User in wilder Hetze!
Er hält sein Windows fest im Arm,
und auch dem Modem ist schon warm.
»Mein Windows, was birgst du so bang dein Gesicht?«
Siehst, User, du das Virus nicht?
Den Trojanerkönig mit Macro und Wurm?
»Mein Windows – es ist nur ein Datensturm.«
»Betriebssystem, komm geh mit mir!
Gar schöne Spiele spiel ich mit dir;
Manch bunte Websites sind an dem Strand,
und auf den Servern gibts viel Tand.«
Mein User, mein User, und hörest du nicht,
was der Virus mir leise verspricht?
»Sei ruhig, bleibe ruhig, mein Kind;
es piepst nur das Modem, das wieder mal spinnt.«
»Willst feines Windows, du mit mir gehn?
Mein Macro soll dich kitzeln schön,
meine Routinen werden die Bytes dir recht schütteln,
und löschen und deine Dateien gut rütteln!«
Mein User, mein User, und siehst du nicht dort
Trojaners EXE am düsteren Ort? –
»Mein Windows, mein Windows, ich sehs genau;
es glimmt doch mein alter Schirm nur so grau.«
»Ich liebe dich, mich reizt deine DLL;
und willst du gleich booten, dann lösch ich dich schnell.«
Mein User, mein User, die Platte läuft an!
Trojaner hat mir ein Leid angetan!
Dem Surfer grausts, er klickt geschwind,
und in der Leitung das Bit gerinnt;
er kappt die Verbindung mit Müh und Not,
jedoch zu spät – der Bildschirm bleibt tot.

Rup Cyberknecht

Frei nach Theodor Storm

Von drauß', vom Web da komm ich her;
ich muss euch sagen, es browst gar sehr!
Allüberall auf den Übertragungsspitzen
sah ich goldene Buttons sitzen;
und droben aus dem MS-Tor
sah mit großen Augen Bill Gates hervor.
Und wie ich so scroll mit 'ner neuen TAN,
da callt es mich mit heller Stimme an:
»Rup Cyberknecht«, callte es, »alter Gesell,
hebe die SIMMs und boote dich schnell!
Die Chips fangen zu brennen an,
das Interface ist aufgetan,
Alt und Junge sollen nun
von der Jagd des Surfens einmal ruhn.
Und morgen link ich mich herab zur Erden,
denn es soll wieder eXmas werden!«

Ich sprach: »O lieber Herr der List,
meine Sitzung fast zu Ende ist;
ich soll nur noch in diesen Chat,
wo's eitel gute Connections hat.«
»Hast denn das Update auch bei dir?«
Ich sprach: »Das Update, das ist hier;
denn Utils, Extensions und HTML,
fressen die neuen Controller schnell.«
»Hast denn die Router auch bei dir?«
Ich sprach: »Die Router, die sind hier
Doch für die Hacker nur, die schlechten,
die treffen sie auf den Port, den rechten.«
Bill Gates sprach: »So ist es recht;
so geh mit DOS, mein treuer Knecht!«

Des Lebens Weisheit

Auf die Form kommt es an

Heinrich Seidel

Einst zur Nachtzeit lag und schlief
Harun Raschid, der Chalif,
Und ihm träumte mancherlei.
Aber von den Träumen allen
Gab ihm einer viel zu sorgen,
Als er früh erwacht am Morgen,
Denn es waren ihm dabei
Alle Zähne ausgefallen.
Als der Zeichendeuter kam
Und des Traumes Art vernommen,
Sprach er: »Gott beschütze Dich!
Also wird es dir ergehen:
Die sich deines Blutes nannten,
Deine lieben Anverwandten,
Wirst, o Fürst, du sicherlich
Alle vor dir sterben sehen!«
Ob der bösen Deutung Art
Wühlte sich in seinem Bart
Der Chalif und rief in Wuth:
»Fort, hinaus mit diesem Raben!
Kann er nichts als Unheil krähen,
Mag er seinen Lohn besehen:
Hundert Streiche voll und gut
Soll er auf die Sohlen haben!«
Einen andern rief man dann.
Dieser war ein kluger Mann.
Und er sprach, als er gefragt:
»Allah wolle Gnade geben,
Langes Leben nach Gefallen
Deinen Anverwandten allen,
Aber dieser Traum besagt:
Du wirst alle überleben!«
Diese Deutung sagte zu,
Und der Mann erhielt im Nu
Hundert Golddukaten bar,
Weil er wusste, wie man läutet.

Denn im Grunde sagten beide
Gleiches – nur in anderm Kleide. –
Hieran zeigt sich sonnenklar,
Was die richt'ge Form bedeutet!

Breite und Tiefe
Friedrich Schiller

Es glänzen Viele in der Welt,
Sie wissen von Allem zu sagen,
Und wo was reizet und wo was gefällt,
Man kann es bei ihnen erfragen;
Man dächte, hört man sie reden laut,
Sie hätten wirklich erobert die Braut.

Doch gehn sie aus der Welt ganz still,
Ihr Leben war verloren.
Wer etwas Treffliches leisten will,
Hätt' gern was Großes geboren,
Der sammle still und unerschlafft
Im kleinsten Punkte die höchste Kraft.

Der Stamm erhebt sich in die Luft
Mit üppig prangenden Zweigen;
Die Blätter glänzen und hauchen Duft,
Doch können sie Früchte nicht zeugen;
Der Kern allein im schmalen Raum
Verbirgt den Stolz des Waldes, den Baum.

Der Blick auf das Wasser

Anonym

Einen Weisen im alten China fragten einmal seine Schüler:
»Du stehst nun schon so lange vor diesem Fluss und schaust ins Wasser.
Was siehst du denn da?«

Der Weise gab keine Antwort. Er wandte den Blick nicht ab
von dem unablässig strömenden Wasser. Endlich sprach er:

»Das Wasser lehrt uns, wie wir leben sollen. Wohin es fließt, bringt es
Leben und teilt sich aus an alle, die seiner bedürfen.
Es ist gütig und freigiebig.

Die Unebenheiten des Geländes versteht es auszugleichen:
Es ist gerecht.

Ohne zu zögern in seinem Lauf, stürzt es sich über Steilwände in die Tiefe.
Es ist mutig.

Seine Oberfläche ist glatt und ebenmäßig,
aber es kann verborgene Tiefen bilden.
Es ist weise.

Felsen, die ihm im Lauf entgegenstehen, umfließt es.
Es ist verträglich.

Aber seine Kraft ist Tag und Nacht am Werk, das Hindernis zu beseitigen.
Es ist ausdauernd.

Wie viele Windungen es auch auf sich nehmen muss,
niemals verliert es die Richtung zu seinem ewigen Ziel,
dem Meer, aus dem Auge.
Es ist zielbewusst.

Und sooft es auch verunreinigt wird, bemüht es sich doch unablässig,
wieder rein zu werden.
Es hat die Kraft, sich immer wieder zu erneuern.

Das alles«, sagte der Weise, »ist es, warum ich auf das Wasser schaue.
Es lehrt mich das rechte Leben!«

Der Hahnenschrei

Gustav Theodor Fechner

Vorlängst, als ich nach Mitternacht
Von meinem Schlummer bin erwacht,
Sah ich zu meinem Haupte sitzen
Ein schwarzes Ding, des Aug' tät blitzen.
Ich dacht', 's ist eine Fledermaus,
Und jagt' das schwarze Ding hinaus;
Gleich kamen wieder zweie, dreie;
Verjagt' ich die, wohl hundert neue.
Sie tanzten um mich mit Geschwirr,
Im Kopfe wurde mir ganz wirr,
Und riefen: wir sind deine Sorgen,
Die gestern du bestellt auf morgen.
Dacht' schon, es sei um mich getan,
Da tat den ersten Schrei der Hahn,
Ein Frührotstrahl quoll durch das Fenster:
Und spurlos schwanden die Gespenster.

Der Minister des Äußern

Franz Grillparzer

Der Minister des Äußern
kann sich nicht äußern;
der Minister des Innern
kann sich nicht erinnern;
der Minister des Krieges
ist nicht der des Sieges;
nach dem Minister der Finanzen
muß alles tanzen.

Der Seelenvogel

Michael Snunit

Tief, tief in uns wohnt die Seele. Noch niemand hat sie gesehen, aber jeder weiß, daß es sie gibt. Und jeder weiß auch, was in ihr ist.

In der Seele, in ihrer Mitte, steht ein Vogel auf einem Bein. Der Seelenvogel. Und er fühlt alles, was wir fühlen.

Wenn uns jemand verletzt, tobt der Seelenvogel in uns herum, hin und her, nach allen Seiten, und alles tut ihm weh.

Wenn uns jemand lieb hat, macht der Seelenvogel fröhliche Sprünge, kleine, lustige, vorwärts und rückwärts, hin und her.

Wenn jemand unseren Namen ruft, horcht der Seelenvogel auf die Stimme, weil er wissen will, ob sie lieb oder böse klingt.

Wenn jemand böse auf uns ist, macht sich der Seelenvogel ganz klein und ist still und traurig.

Und wenn uns jemand in den Arm nimmt, wird der Seelenvogel in uns größer und größer, bis er uns fast ganz ausfüllt. So gut geht es ihm dann.

Ganz tief in uns ist die Seele. Noch niemand hat sie gesehen, aber jeder weiß, daß es sie gibt. Und noch nie, noch kein einziges Mal, wurde ein Mensch ohne Seele geboren. Denn die Seele schlüpft in uns, wenn wir geboren werden, und sie verläßt uns nie, keine Sekunde, solange wir leben. So, wie wir auch nicht aufhören zu atmen von unserer Geburt bis zum Tode.

Sicher willst du wissen, woraus der Seelenvogel besteht. Das ist ganz einfach. Er besteht aus Schubladen. Diese Schubladen können wir nicht einfach aufmachen, denn jede einzelne ist abgeschlossen und hat ihren eigenen Schlüssel. Und der Seelenvogel ist der einzige, der die Schubladen öffnen kann. Wie? Auch das ist ganz einfach: mit seinem Fuß.

Der Seelenvogel steht auf einem Bein. Das zweite hat er, wenn er ruhig ist, an den Bauch gezogen. Mit dem Fuß dreht er den Schlüssel zu der Schublade um, die er öffnen will, zieht am Griff, und alles, was darin ist, kommt zum Vorschein.

Und weil alles, was wir fühlen, eine Schublade hat, hat der Seelenvogel viele Schubladen. Es gibt eine Schublade für die Eifersucht und eine für die Hoffnung. Es gibt eine Schublade für Enttäuschung und eine für Verzweiflung. Es gibt eine Schublade für Geduld und eine für Ungeduld. Auch für Haß und Wut und Versöhnung. Eine Schublade für Faulheit und Leere und eine Schublade für die geheimsten Geheimnisse. Diese Schublade wird fast nie geöffnet. Es gibt auch noch andere Schubladen. Du kannst selbst wählen, was drin sein soll.

Manchmal sind wir eifersüchtig, ohne dass wir es wollen. Und manchmal machen wir etwas kaputt, wenn wir eigentlich helfen wollen. Der Seelenvogel gehorcht uns nicht immer und bringt uns manchmal in Schwierigkeiten.

Man kann schon verstehen, dass die Menschen verschieden sind, weil sie verschiedene Seelenvögel haben. Es gibt Vögel, die jeden Morgen die Schublade »Freude« aufmachen. Dann sind die Menschen froh.

Wenn der Vogel die Schublade »Wut« aufmacht, ist der Mensch wütend. Und wenn der Vogel die Schublade nicht mehr zuschließt, hört der Mensch nicht auf, wütend zu sein.

Manchmal geht es dem Vogel nicht gut. Dann macht er böse Schubladen auf.

Geht es dem Vogel gut, macht er Schubladen auf, die uns gut tun.

Manche Leute hören den Seelenvogel oft, manche hören ihn selten. Und manche hören ihn nur einmal in ihrem Leben. Deshalb ist es gut, wenn wir auf den Seelenvogel horchen, der tief, tief in uns ist. Vielleicht spät abends, wenn alles still ist ...

Aus dem Hebräischen von Mirjam Pressler.

Die drei Siebe

Anonym

Eines Tages kam ein Bekannter zum griechischen Philosophen Sokrates gelaufen.
»Höre, Sokrates, ich muss dir berichten, wie dein Freund ...«
»Halt ein« unterbrach ihn der Philosoph.
»Hast du das, was du mir sagen willst, durch drei Siebe gesiebt?«
»Drei Siebe? Welche?« fragte der andere verwundert.
»Ja! Drei Siebe! Das erste ist das Sieb der Wahrheit.
Hast du das, was du mir berichten willst, geprüft ob es auch wahr ist?«
»Nein, ich hörte es erzählen, und ...«

»Nun, so hast du sicher mit dem zweiten Sieb, dem Sieb der Güte, geprüft.
Ist das, was du mir erzählen willst – wenn es schon nicht wahr ist – wenigstens gut?«
Der andere zögerte. »Nein, das ist es eigentlich nicht. Im Gegenteil ...«

»Nun«, unterbrach ihn Sokrates. »so wollen wir noch das dritte Sieb nehmen und uns fragen ob es notwendig ist, mir das zu erzählen, was dich so zu erregen scheint.«
»Notwendig gerade nicht ...«

»Also«, lächelte der Weise, »wenn das, was du mir eben sagen wolltest, weder wahr noch gut noch notwendig ist, so lass es begraben sein und belaste weder dich noch mich damit.«

Die Vorsehung

Richard Zoozmann

Der Pfarrer will's den Kindern klar
an einem Beispiel machen,
wie Gottes Vorsehung fürwahr
sich zeigt in allen Sachen.

Er spricht: »Es fällt ein Mauersmann
vom Kirchendach herunter,
kommt unten mit Gepolter an,
doch unverletzt und munter.

Kann man aus solchem Vorgang nicht
ein göttlich Wirken lesen?
Sprich, Heinz, wie nennst du dies?« –
Heinz spricht: »Das ist Zufall gewesen.«

»Pass besser auf! Nach einer Weil
fällt unser Maurer wieder
vom Dach herab, und gleichfalls heil
kommt er zu Boden nieder.

Wie heißt solch gütiges Geschick?
Das Wort liegt auf der Zunge
dir gewiss?« – »Das nenn ich Glück!«,
erwidert drauf der Junge.

Der Pfarrer kraus die Stirne zieht,
doch spricht er ohne Galle:
»Nimm an, ein drittes Mal geschieht
dies Wunder mit dem Falle.

Nicht wahr, nun siehst du dich schon frei
von deiner Geistestrübung?
Sprich: was jetzt wirksam war hierbei?« –
Heinz spricht: »Jetzt war es Übung!«

Drei Fragen

Karl May

Sag, wer du bist! Denk aber vorher nach!
»Ein Mensch bin ich«, antwortest du erhaben.
Ein Mensch? Sonst nichts? Und dennoch, dennoch sprach
aus dir der Stolz auf dich und deine Gaben.
Dies letzte Wort berichtet ganz bestimmt
nicht von Verdiensten sondern von Geschenken,
und wer sein ganzes »Sein« als Gabe nimmt,
der hat wohl Grund, bescheidener zu denken.
Und trotzdem meine ich: Bloß Mensch ist mir zu klein;
ich will weit mehr, ich will viel Größres sein.

Sag, wo du bist! Du siehst erstaunt mich an
und sprichst nichts weiter, als »doch hier auf Erden!«
Wer sich nicht geistig von ihr trennen kann,
dem wird dies »Wo« niemals begreiflich werden.
Du bist nicht hier, auch noch nicht wieder dort;
dein »Wo« liegt dir entrückt, ist nicht zu fassen.
Dir fehlt der Halt, der feste, sichre Ort;
es gab ihn wohl, doch hast du ihn verlassen.
Du hängst arachnengleich im eigenen Gespinst,
und deine Welt ist, was du dir ersinnst.

Sag, wie du bist! Natürlich bist du gut –
Die Fehler sind für Andre nur vorhanden!
Die deinen aber auch: Sei auf der Hut
vor Leuten, die vielleicht dich anders fanden!
Es ist nur Einer gut, nur er allein.
Wer darf an Reinheit sich mit ihm vergleichen?
Und willst du so, wie er es fordert, sein,
so kannst du es auch nur durch ihn erreichen.
Zerreiß dein Spinnennetz, und werde dir doch klar,
daß jeder Faden nur ein Irrtum war!

Du musst das Leben nicht verstehen

Rainer Maria Rilke

Du musst das Leben nicht verstehen,
dann wird es werden wie ein Fest.
Und lass dir jeden Tag geschehen
so wie ein Kind im Weitergehen von jedem Wehen
sich viele Blüten schenken lässt.

Sie aufzusammeln und zu sparen,
das kommt dem Kind nicht in den Sinn.
Es löst sie leise aus den Haaren,
drin sie so gern gefangen waren,
und hält den lieben jungen Jahren
nach neuen seine Hände hin.

Global

Anonym

Wenn die Erde nur wenige Meter groß wäre und irgendwo in einem Wald läge, dann kämen die Menschen von überall her, dieses Wunder zu bestaunen. Die Menschen würden um sie herumgehen, ihre großen Wasserbecken bewundern und ihre kleinen und das Wasser, das zwischen den Becken fließt. Die Menschen würden ihre Beulen und ihre Löcher bestaunen und die sehr dünne Gasschicht, welche die Kugel umgibt und den Wasserdunst darin. Die Menschen würden all die Kreaturen bewundern, die an der Oberfläche dieser Kugel und in ihren Gewässern leben. Die Menschen würden die Kugel für wertvoll erklären, denn sie wäre die einzige ihrer Art, und man würde sie beschützen, damit ihr kein Leid geschehe. Die Kugel wäre das größte aller Wunder und die Menschen würden zu ihr pilgern, um sie anzuschauen, von ihr geheilt zu werden, um Erkenntnis zu erlangen, Schönheit zu erfahren und um zu lernen, wie das Leben sein könnte. Die Menschen würden sie lieben und mit ihrem Leben verteidigen, weil sie unbewusst fühlen würden, dass ihr Leben, ihre eigene Rundheit, nicht existieren könnte ohne diese Kugel.

Wenn die Erde nur wenige Meter groß wäre.

Große Bereinigung

Erich Fried

Die Ursachen
kämpfen jetzt
gegen ihre Folgen

daß sie keiner mehr
für die Folgen
verantwortlich machen darf

denn auch
das Verantwortlichmachen
gehört zu den Folgen

und Folgen werden verboten
und verfolgt
von den Ursachen selbst

Die wollen
von solchen Folgen
nichts mehr wissen

Wer sieht
wie eifrig sie
hinter den Folgen her sind

und immer noch sagt
sie stehen
in enger Verbindung mit ihnen

der wird nur sich selbst
die Folgen
zuschreiben müssen

Ich brauche Menschen …
Lisa Baumfeld

Ich brauche Menschen! Ja – in hellen Zimmern,
Erfüllt von Düften, Lächeln, Fächeln, Flimmern,
Wo schlank geformt – leichtwiegende Gedanken
Von Mund zu Mund sich lachend, blühend ranken!

Ich brauche Menschen … seid'ner Schleifen Rauschen
Und Blicke, die sich sorglos spielend tauschen,
Und Worte, die ob tausend Kelchen schweifen
Und manchmal scheue, süße Beeren streifen –
Und Töne, die wie flücht'ge Küsse drängen
Und sich an lauschend bange Ohren hängen
Und bunte Wolken in die Blicke stäuben
Und blenden, schmeicheln, lügen und betäuben
Und all das Leere, Schwere überhallen …

– Stöhnst du, mein Herz, dass wir so tief gefallen?

Ich wage der Mensch zu sein

Ulrich Schaffer

Ich wage der Mensch zu sein, der ich bin;
unfertig, aber doch glücklich,
unsicher im Neuen und doch wissbegierig,
manchmal ängstlich in Entscheidungen,
verwirrt im Überangebot der Ideen,
doch auch begeistert von Kleinigkeiten.
Zweifelnd und zögernd,
dann wieder mutig und ernst,
verzaubert von Worten
oder schweigsam zurückgezogen.
Manchmal zerrissen und voller Widersprüche,
aber auch einseitig und naiv.
Und noch vieles mehr bin ich,
oft nicht genau zu beschreiben.
Ich wage es, mich selbst so anzusehen,
so zu lieben, wie ich bin,
und mich auch so zu zeigen,
ob ich nun dafür geliebt werde oder nicht.

Manchmal glaube ich nicht an den Fortschritt

Gabriele Wohmann

Manchmal glaube ich nicht
an den Fortschritt.
Mein Lieblingsbild ist gemalt.
Die schönsten Gedichte
habe ich um mich versammelt.
Mehr Musik brauche ich nicht.
Das beste Gewitter
ist schon erfunden.
Der schönste Schnee fällt in meinem Kopf.
Ich habe die wichtigsten Gipfel gesehen
und das tiefste Tal ist besichtigt.
Das Meer ist immer als eine Vorstellung
am bemerkenswertesten.
Wären denn abrufbare Fahrtgeschwindigkeiten
noch zu übertreffen
die Niederschläge und Psalmen
und einfach Gegenden, einfach Sätze
einfaches Auskommen?
Manchmal meine ich
ich hätte von allem genug.
Da hat mich, mitten in seiner verriegelten Strenge
das bis jetzt unauffällige Kind
vorsichtig angelacht
und ich bekam Lust
zu einer Kutschfahrt durch den Englischen Garten.

Moleküle

Christian Morgenstern

Laß die Moleküle rasen,
was sie auch zusammenknobeln!
Laß das Tüfteln, laß das Hobeln,
heilig halte die Ekstasen.

Spruch

Erich Mühsam

Wenn ihr mich weinen seht,
fragt nicht, warum.
Leid, das in Tränen steht,
tröstet sich stumm.

Wenn ihr mich fluchen hört,
stimmt mich nicht mild.
Zorn, der sich laut empört,
schmilzt, wenn er schilt.

Doch wenn ich trink und lach,
lad ich euch ein.
Freude wird grau und schwach,
bleibt sie allein.

Wanderlebensregeln

Max Eyth

Willst du hinaus in die weite Welt,
So laß das Sorgen dahinten.
Nimm nicht zu viel, doch ein wenig Geld,
Das weitere solltest du finden.

Ein flinker Fuß, eine stetige Hand,
Und das Herz am richtigen Flecke,
So kommst du sicher im fernsten Land
Auch um die gefährlichste Ecke.

Und den Schulsack – vergiß den Schulsack nicht,
Um den uns der Erdkreis beneidet.
Erfreu dich an seinem schönen Gewicht,
Solange dein Rücken es leidet.

Doch hab' er ein Loch, hübsch lang und weit,
Wenn nötig, gebrauche die Schere,
Damit er beim Wandern, im Laufe der Zeit,
Sich heimlich und schmerzlos entleere.

Was alles du siehst, ist dein Wandersold,
Den magst in die Tasche du rammen;
Vielleicht ist es Plunder, vielleicht ist es Gold,
So lag's auch im Schulsack beisammen.

Dann: – fährt dich niemand, und du mußt gehn,
Greif aus, kein Weg mach' dir bange.
Und siehst du das Glück auf der Straße stehn:
Greif zu, besinn dich nicht lange.

Doch wendet den Rücken es manches Mal
Und zeigt dir boshaft die Kralle,
Geh weiter! Bleib treu deinem Eisen und Stahl,
Und pfeif auf die Edelmetalle.

So ziehe getrost bergauf, bergab,
Und trage und schaffe und scherze;
Bringst du nur zurück, was Gott dir gab,
Dein altes, fröhliches Herze.

Essen

»Als wir noch dünner waren,
standen wir uns näher.«

— Georg Kreisler

»Die Speisen haben vermutlich einen sehr
großen Einfluß auf den Zustand der Menschen,
wie er jetzo ist,
der Wein äußert seinen Einfluß mehr sichtbar,
die Speisen tun es langsamer, aber vielleicht
ebenso gewiß,
wer weiß ob wir nicht einer gut gekochten
Suppe die Luftpumpe und einer schlechten
den Krieg oft zu verdanken haben.«

— Georg Christoph Lichtenberg

Die Geschichte vom Test-Esser
(sehr frei nach der »Geschichte vom Suppen-Kaspar«)

Günter Verdin

Herr Kaspar war nie ein Gourmet:
Er aß vom Fisch gern das Filet,
und wenn er einmal keinen Fisch nahm,
aß er, was sonst halt auf den Tisch kam.
Ob auf Papier, ob aus der Hand,
er aß sehr gern am Imbissstand.
Doch einmal schrie er voll Verdruss:
»Mit Hamburgern ist jetzt aber Schluss!«

Er hat nun anderes goutiert
und die Nouvelle Cuisine probiert.
Auf klein und fein nun ganz versessen
hat sich Herr Kaspar schlank gegessen.
Bis er, am selben Tag noch, spricht:
»Nouvelle Cuisine, die mag ich nicht!«

Am dritten Tag hat er versprochen,
nur biologisch mehr zu kochen,
halb roh, dafür mit Vitaminen,
nur Müsli, wenn auch mit Rosinen.
Er spricht: »Das bringt mir kaum Genuss.
Wer isst schon gerne Roggen-Mus?«

Am vierten Tage endlich gar
Herr Kaspar angefressen war.
Er testet Speisen nun am Stück
für seine eigene Rubrik.

Die verdammten Ochsenbraten

Matthias Claudius

Die Römer, die, vor vielen hundert Jahren,
Das erste Volk der Erde waren,
Doch wenigstens sich dünkten es zu sein;
Die großen Schreiber ihrer Taten
und Dichter auch, und große Redner hatten,
Und Weise, groß und klein;
Die stolz auf ihrer Helden Scharen
Auf ihre Regulus[1] und Scipione[2] waren,
Und Ursach hatten es zu sein;
Die fingen endlich an und aßen Ochsenbraten,
Frisierten sich, und tranken fleißig Wein –
Da war's geschehn um ihre Heldentaten,
Um ihrer Dichter edlen Reihn,
Um ihre Redner, ihre Schreiber;
Da wurden's große dicke Leiber,
Und Memoirs- und Zeitungsschreiber,
Und ihre Seelen wurden klein;
Da kamen Oper und Kastraten,
Und Ehebruch und Advokaten,
Und nistelten sich ein.
Oh, die verdammten Ochsenbraten!
Oh, der verdammte Wein!

---

1) Regulus = Marcus Atilius Regulus (um 250 v. Chr.), röm. Politiker und Feldherr während des 1. Punischen Krieges

2) Scipio = Beiname einer berühmten römischen Patrizierfamlie

Erdäpfelgulasch

Rezept von H. C. Artmann

Für 2 mittlere Esser

1 kg speckige erdäpfel, 30 dag zwiebeln, 10 dag würfelig geschnittenen bauchfilz, 1 gehäuften esslöffel paprika (edelsüß und scharf zu gleichen teilen gemischt), 1 gehäuften teelöffel salz, heißes wasser

Zubereitung:

Man stelle nun zu beginn keinerlei yogaübungen an, allerdings sei man tadellos rasiert, der schnurrbart sei dem anlass entsprechend gepflegt, man gehe noch einige minuten in den garten, betrachte das rosenrondell, erbaue sich kurz an den narzissen und schwertlilien, mache eine besinnliche runde um den teich, entwerfe tief durchatmend ein kleines gedicht. Darauf begebe man sich heiter lächelnd in die tadellos aufgeräumte küche, binde eine saubere weiße schürze vor, reinige nochmals fingernägel und hände, trockne dies mit einem vorgewärmten frottétuch, zünde die gasflamme an (kein elektroherd!), setze eine gusseiserne casserolle auf das feuer, lasse in dieser den würfelig geschnittenen bauchfilz aus. Inzwischen hat man die zwiebeln feinnudelig geschnitten, füge sie bei und lasse sie im heißen fett schön goldbraun rösten. Ist man so weit, stelle man die casserolle vom feuer und bringe die mit glattem mehl leicht gestaubten erdäpfel würfel (ca. einen zoll im quadrat) dazu, rühre alles einige male um, stelle die casserolle wieder auf das feuer und warte, nach gelegentlichem umrühren, bis die erdäpfel gut blanchiert sind. Sodann nehme man die casserolle abermals vom feuer und überstreue alles mit dem paprika, rühre wieder um und gieße schließlich heißes, aber nicht kochendes wasser gerade soviel auf, dass die erdäpfel leicht bedeckt sind. Nun salze man nach geschmack und lasse das ganze zugedeckt bei kleiner flamme köcheln. Sind die erdäpfel gar, ist das gulasch praktisch fertig und kann serviert werden (suppenteller!).

Frankfurter Brenten[3]

Eduard Mörike

Mandeln erstlich, rat' ich dir,
Nimm drei Pfunde, besser vier
(Im Verhältnis nach Belieben);
Diese werden nun gestoßen
Und mit ordinärem Rosen-
Wasser feinstens abgerieben.
Je aufs Pfund Mandeln akkurat
Drei Vierling Zucker ohne Gnad'!
Denselben in den Mörsel bring',
Hierauf ihn durch ein Haarsieb schwing
Von deinen irdenen Gefäßen
Sollst du mir dann ein Ding erlesen,
Was man sonst eine Kachel nennt,
Doch sei sie neu zu diesem End'!
Drein füllen wir den ganzen Plunder
Und legen frische Kohlen unter.
Jetzt rühr' und rühr' ohn' Unterlaß,
Bis sich verdicken will die Mass',
Und rührst du eine Stunde voll!
Am eingetauchten Finger soll
Das Kleinste nicht mehr hängen bleiben;
So lange müssen wir es treiben.
Nun aber bringe das Gebrodel
In eine Schüssel (der Poet,
Weil ihm der Reim vor allem geht,
Will schlechterdings hier einen Model,
Indes der Koch auf ersterer besteht),
Darinne drück's zusammen gut!
Und so hat es über Nacht geruht,
Sollst du's durchkneten Stück für Stück,
Auswellen messerrückendick.

3) Brenten = traditionelle Gebäcksspezialität aus Frankfurt am Main

Je weniger Mehl du streuest ein,
Um desto besser wird es sein.
Alsdann in Formen sei's geprägt,
Wie man bei Weingebacknem pflegt;
Zuletzt – das wird der Sache frommen –
Den Bäcker scharf in Pflicht genommen,
Daß sie schön gelb vom Ofen kommen!

Fröhlich vom Fleisch zu essen

Bertolt Brecht

Fröhlich vom Fleisch zu essen, das saftige Lendenstück
Und mit dem Roggenbrot, dem ausgebackenen, duftenden
Den Käse vom großen Laib und aus dem Krug
Das kalte Bier zu trinken, das wird
Niedrig gescholten, aber ich meine, in die Grube gelegt werden
Ohne einen Mundvoll guten Fleisches genossen zu haben
Ist unmenschlich, und das sage ich, der ich
Ein schlechter Esser bin.

Fürs Tischlein ein Wischlein

Gustav Theodor Fechner

Liegt schwer dir der Braten im Magen,
Musst künftig selber ihn jagen. –
Du neidest sein Gastmahl dem König,
Sein Magen beneidet dein wenig. –
Den Fresstrog, den vollen, dem Rüssel;
Dem Mund in der Schüssel sein Bissel. –
Gewürz kann Hunger dir machen,
Doch Hunger würzt selbst schon die Sachen. –
Denk, wenn du sitzest beim Weine,
Noch tragen den Kopf sechs Beine;
Doch wenn du wirst aufstehen,
So muss er auf zweien gehen. –
Brot sollst du aus eigenen Taschen,
Doch Zucker aus fremden nur naschen;
Drum führ' in jenen nicht Plätzchen,
Es sei denn, du gingest zum Schätzchen. –
Wer Sorg' hat ums tägliche Essen,
Beim Essen soll er sie vergessen;
Die Sorge machet nicht satter,
Und was er sorgte, das hat er. –
Nach Tische sollst nicht laufen,
Noch liegen als wie ein Haufen;
Dass gut sich kochen die Speisen,
So quirle in kleinen Kreisen;
Dies Sprüchlein wird dem Magen
Und Topfe gleich behagen. –
Tu Wirtin nicht beim Feste,
Als seist du Gast der Gäste.
In Kleidern zeig' und Mienen,
Du stehst nur vor dem Dienen.
Bring her die weißeste Decke,
Der Gast wird bringen die Flecke;
Und wird er den Rotwein vergießen,
Mehr ihn als dich soll's verdrießen.
Bist, Wirt, du nicht gar ein Toffel,
Genügt auf dem Tisch die Kartoffel;

Doch weißt du zum Gast nicht zu sprechen,
Trag auf, dass die Tafeln brechen!
Wie viel du Gäste sollst laden,
Zu wissen, so nimm einen Faden,
Und miss, statt des Tisches Umgang,
Des Beutels Läng' und Umfang.
Den selbst zum Essen Erböt'gen
Unnötig wär's, ihn zu nöt'gen;
Doch arme Studenten, Autoren,
Ohne Nötigen wären verloren.
Plagt dich der Schmarotzer Gelichter,
Nichts helfen dir saure Gesichter;
Vielmehr mit der süßesten Miene
Und sauerm Wein sie bediene.
Nicht leicht mag trocken scheinen
Ein Toast bei guten Weinen;
Sollst doch nur den ausbringen,
Der klingt ohne Gläserklingen. –

Grad aus dem Wirtshaus

Heinrich von Mühler

Grad aus dem Wirtshaus komm' ich heraus;
Straße, wie wunderlich siehst du mir aus!
Rechter Hand, linker Hand, beides vertauscht;
Straße, ich merke wohl, du bist berauscht.
Was für ein schief Gesicht, Mond, machst denn du?
Ein Auge hat er auf, eins hat er zu;
du wirst betrunken sein, das seh' ich hell;
schäme dich, schäme dich, alter Gesell!
Und die Laternen erst – was muß ich sehn! –
die können alle nicht grade mehr stehn;
wackeln und fackeln die Kreuz und die Quer;
scheinen betrunken mir allesamt schwer.
Alles im Sturme rings, großes und klein;
wag' ich darunter mich nüchtern allein?
Das scheint bedenklich mir, ein Wagestück;
da geh' ich lieber ins Wirtshaus zurück.

Pfannkuchen und Salat

Wilhelm Busch

Von Fruchtomletts, da mag berichten
Ein Dichter aus den höhern Schichten,
Wir aber, ohne Neid nach oben,
Mit bürgerlicher Zunge loben
Uns Pfannekuchen und Salat.
Wie unsre Liese delikat
So etwas hackt und zubereitet,
Sei hier in Worten angedeutet.
Drei Eier, frisch und ohne Fehl,
Und Milch und einen Löffel Mehl,
Die quirlt sie fleißig durcheinand
Zu einem innigen Verband.
Sodann, wenn Tränen auch ein Übel,
Zerstückelt sie und mengt die Zwiebel
Mit Öl und Salz zu einer Brühe,
Daß der Salat sie an sich ziehe.
Um diesen ferner herzustellen,
Hat sie Kartoffeln abzupellen.
Da heißt es, fix die Finger brauchen,
Den Mund zu spitzen und zu hauchen,
Denn heiß geschnitten nur allein
Kann der Salat geschmeidig sein.
Hierauf so geht es wieder heiter
Mit unserm Pfannekuchen weiter.
Nachdem das Feuer leicht geschürt,
Die Pfanne sorgsam auspoliert,
Der Würfelspeck hineingeschüttelt,
So daß es lustig brät und brittelt,
Pisch, kommt darüber mit Gezisch
Das ersterwähnte Kunstgemisch!
Nun zeigt besonders und apart
Sich Lieschens Geistesgegenwart,
Denn nur zu bald, wie allbekannt,
Ist solch ein Kuchen angebrannt.
Sie prickelt ihn, sie stockert ihn,
Sie rüttelt, schüttelt, lockert ihn
Und lüftet ihn, bis augenscheinlich

Die Unterseite eben bräunlich,
Die, umgekehrt, geschickt und prompt
Jetzt ihrerseits nach oben kommt.
Geduld, es währt nur noch ein bissel,
Dann liegt der Kuchen auf der Schüssel.
Doch späterhin die Einverleibung,
Wie die zu Mund und Herzen spricht,
Das spottet jeglicher Beschreibung,
Und darum endet das Gedicht.

Weisheit

Anonym

'Abdu'l-Bahá, der Sohn Bahá'u'llás, des Begründers der Bahá'i-Religion, war auf einer Reise von einer Familie zum Essen eingeladen worden. Die Frau des Hauses meinte es besonders gut und wollte ihre ganze Kochkunst unter Beweis stellen. Als sie die Speisen auftrug, entschuldigte sie sich dafür, daß das Essen angebrannt sei. Sie habe nämlich während des Kochens Gebete gelesen, in der Hoffnung, daß das Mahl dadurch besonders gut gelingen werde. 'Abdu'l-Bahá antwortete mit einem freundlichen Lächeln: »Es ist gut, daß du betest. Nimm aber doch in der Küche nächstes Mal das Kochbuch.«

Wie wäre es mit einem Borschtsch[4]?

Mascha Kaléko

Man nehme erstens zirka sieben
Fein abgeschälte rote Rüben.
Dann hacke man den Weißkohl klein,
Tu Zwiebel, Salz und Essig rein.
Mit Hammelfleisch muß das nun kochen,
Auf kleiner Flamme, sieben Wochen.
Jetzt Kaviar mit Wodka ran
Nebst Zimt und frischem Thymian.
Nun schüttet man das Ganze aus
Und ißt am besten – außer Haus.

Aal

Gustav Theodor Fechner

»Der Aal ist mir der liebste Fisch;
Käm' heute einer doch zu Tisch!«
So sprach ein Bischof an dem Rhein;
Es hört's der Aal, stellt gleich sich ein,
Und wind't und krümmet sich gar sehr
Ob der ihm angetanen Ehr',
Im Herzen denkend: sicherlich
Mit Schot' und Erbs' traktiert man mich.
Empfangen ward er feierlich;
Wie ging's nun bei der Tafel? Sprich!
Statt daß der Aal die Schoten fraß,
Der Bischof selbst dazu ihn aß.
Wenn Große loben dich und laden,
So sprich: »Ich danke euer Gnaden.«

4) Borschtsch = reichhaltige Gemüsesuppe mit Fleisch, Spezialität in Osteuropa

Bier

Gustav Theodor Fechner

»Ei, gut sein ist es hier,
Denn hier gibt's gutes Bier.«
»Nein, schlecht sein ist es hier,
Denn hier gibt's gutes Bier.«
So stritten zweie sich jüngsthin vor eine Schenke;
Der sah die Trinker an und jener das Getränke.

Brezeln

Gustav Theodor Fechner

Warum doch winden sich die Brezeln als wie Schlangen?
Einfacher wär' es ja, zu backen sie in Stangen!
Du fragst mit Recht; doch wenn's nichts gäb' dabei zu fragen,
Verschwände am Gebäck sogleich auch das Behagen.
Im größten Brezelkorb ist's grad auch so bestellt;
Drum schilt die Krummen nicht und Schlangen in der Welt.

Koteletts

Gustav Theodor Fechner

Du weißt es nicht, was gilt die Wett',
Was ist das schönste Kotelett?
Es ist die Frau, denk' dran zurück,
Gott nahm dazu das Rippenstück.

Eier

Gustav Theodor Fechner

Du tadelst scharf das Prohibieren,
Verzollen, Zunften und Zensiren,
Und meinest, daß durch diesen Zwang
Ertötet wird der Lebensdrang.
Doch wenn auskröchen alle Eier,
Wer möcht' ertragen doch, zum Geier,
Der Hühner Gackern, Hähne Krähn;
Im Hof würd's drauf und drunter gehn;
Auch würde nichts an Hähn' und Hennen
Man füttern noch und essen können.
Drum lob' ich mir die Polizei,
Die schon manch Hühnchen frißt im Ei,
Und läßt nur soviel davon leben,
Daß es mög' neue Eier geben.
Fürwahr, die Regel ist bequem,
Für Eieresser angenehm,
Für die, die, wenn sie ruhig liegen,
Der Hahnenschrei stört im Vergnügen.
Ich aber lobe mir die Schar,
Die selbst nimmt ihres Rechtes wahr;
Und statt als Ei zu sein ein Essen,
Sich balget um ihr eignes Fressen;
Wo fröhlich kräht, wer obgesiegt,
Gelebt doch hat, wer unterliegt.

Kaffee
Gustav Theodor Fechner

Natur vor jenem Tore liegt einsam, wunderschön,
Durch's andre auf dem Sande doch bloß die Leute gehn;
Sei noch so schön, Natur, es kömmt kein Mensch zu dir,
Wenn du nicht ladest ein auf Kaffee oder Bier.

Kartoffel
Gustav Theodor Fechner

Man pflanzet die Kartoffel nicht,
Damit sie Blatt und Blüten bringe;
Doch ist das, was sie treibt ans Licht,
Bedingung, daß sie selbst gelinge.
Drum nicht in myst'schem Dunkel hockt,
Treibt grüne Zweige in das Leben!
Habt ihr euch tüchtig da bestockt,
Wird's Freud' auch bei der Ernte geben.

Kartoffel

Gustav Theodor Fechner

Wie konnten doch die Menschen leben,
Als es Kartoffeln nicht gegeben?
Ei, alle, die nicht konnten leben,
Die hat's auch damals nicht gegeben.

Kuchen

Gustav Theodor Fechner

Wer gehen will, einen Schatz zu suchen,
Eß' trocken Brot zuvor, nicht Kuchen;
Sonst denkt der Schatz: ei nun, der braucht's nicht;
Und Gott: dem Leckermaul, dem taugt's nicht.
Doch, wenn gelungen ist das Suchen,
Zum Gastmahl setze auf den Kuchen;
Sonst wieder denkt der Schatz: der braucht's nicht;
Und Gott: dem Geizhals, ei, dem taugt's nicht.

Kürbis
Gustav Theodor Fechner

Ein Kürbis aufgeblasen zu den andern Früchten spricht:
Gesteht's, daß ich von allen doch die Perle bin.
Die sagen: dicker Mann, wir leugnen's nicht,
Doch eine, die man wirft den Säuen hin.

Nudeln
Gustav Theodor Fechner

Aus gutem Teige einen guten Ballen
Zur flachen Scheibe mand'le erst vor allen,
Dann schneide rechts und links und kreuz und quer,
So gibt der Ballen dir die schönsten Nudeln her.
Wollt'st einzeln schneiden sie, wär' alle Müh' zunichte;
Vor Nudeln erst den Ball, Idee vor dem Gedichte!

Pfannkuchen

Gustav Theodor Fechner

Es gibt Pfannkuchen gefüllte und leere,
Du wägst sie umsonst nach ihrer Schwere;
Und mögst du alle Pfannkuchen der Welt,
Du triffst nur den, der dir ward bestellt.

Pfeffer und Salz

Gustav Theodor Fechner

Vom Salzfaß steht nicht weit das Pfefferfaß zumeist;
Vom Witz nicht weit der Sinn, der gern nach andern beißt.

Wein

Gustav Theodor Fechner

Beim Tee will man entscheiden,
Wer größer sei von beiden,
Ob Schiller oder Goeth'?

Beim Kaffee fragt Frau Schnattrin,
Wie auskommt die Gevattrin,
Und wie das Kleid ihr steht?

Beim Bier will man studieren,
Wer wird die Schlacht verlieren,
Schlägt selbst mit Zungen drein.

Beim Saft allein der Reben
Lebt man und lässet leben:
Drum leb' allein der Wein!

Weintraube

Gustav Theodor Fechner

Du klagst, daß dir kein Glück will munden,
Weil ihm was Bittres stets verbunden,
und issest doch die Traube gern,
Die in sich trägt so herben Kern.
Warum? du weißt ihn auszuspucken,
Oder ganz auch zu verschlucken.

Festtage

Das Schokoladenei

Anonym

Ein Huhn beschloß an Ostern Schokoladeneier legen zu können,
damit es an dem Osterfest genauso wichtig ist wie der Osterhase.

Es versuchte viele Pralinen und viel Schokolade zu fressen. Doch die Schokolade
bekam dem Huhn nicht besonders und es mußte Bauchschmerzen ertragen.

Nach einigen Monaten, genau zu Ostern gelang es dem Huhn
ein Ei mit bräunlicher Schale zu legen, doch das war alles.

Als das Huhn bemerkte, mit welchen Mühen dieses Ei verbunden war
und es trotzdem keine Aufmerksamkeit erfuhr, beschloß es, Huhn zu
bleiben, und der Osterhase sollte weiterhin die Schokoladeneier bringen.

Der Osterhase

nach Alexander Roda Roda

Es sprach einst der Hahn zum Hasen – höflich, doch ein wenig gereizt: »Sie sind ja wieder einmal unglaublich populär. Ich möchte endlich das Jahr erleben, wo nicht Millionen von Osterkarten mit ihrem Bild verschenkt werden«.

Dem Hasen traten Zornestränen in die Augen. Der Hase antwortete: »Ich danke für diese Popularität. Ja, ich pfeife auf die Popularität. Wie stehe ich da vor den anderen Waldbewohnern, mit einem Nest voll bunter Ostereier? Du Hahn, ich bin nur ein bescheidener Feld- und Waldbewohner und beliebt bei vielen Tieren. Doch ich habe meine Mission in der Natur und zwar die Fortpflanzung meiner Art. Da erfindet irgendein Mensch das Märchen vom Osterhasen. Sie wissen doch, dass daran kein Wort wahr ist. Doch mein Ansehen ist dahin und ich bin für ewig lächerlich gemacht. Mein Leben wird nicht ernst genommen, sondern jeder bringt in Verbindung mit meinem Namen, das Märchen mit dem Osterhasen und dem buntem Osterei.«

Doch der Hahn sagte: »Was wollen Sie? Die Menschen sind nun einmal oberflächlich. Die Twiggy ist nicht durch ihre Kunst berühmt geworden, sondern durch ihre Magerkeit und wird heute noch als Urbild der Magerkeit verstanden. Gorbatschow ist ein Schnaps und kein russischer Staatsmann oder Henry Clay[1] eine Zigarre. Durch ein Ei ist Kolumbus berühmter als durch seine Entdeckungen. Denken Sie daran lieber Hase, es hat was Gutes, missverstanden oder beschimpft zu sein, denn es ist besser als vergessen zu werden.«

1) Henry Clay (1777–1852) = US-amerikansicher Politiker, u.a. Außenminister

Berliner Pfingsten

Gottfried Keller

Heute sah ich ein Gesicht,
Wonnevoll zu deuten:
In dem frühen Pfingstenlicht
Und beim Glockenläuten
Schritten Weiber drei einher,
Feierlich im Gange,
Wäscherinnen, fest und schwer!
Jede trug 'ne Stange.

Mädchensommerkleider drei
Flaggten von den Stangen;
Schönre Fahnen, stolz und frei,
Als je Krieger schwangen,
Blau und weiß und rot gestreift,
Wunderbar beflügelt,
Frisch gewaschen und gesteift,
Tadellos gebügelt.

Lustig blies der Wind, der Schuft,
Lenden auf und Büste,
Und von frischer Morgenluft
Blähten sich die Brüste!
Und ich sang, als ich gesehn
Ferne sie entschweben:
Auf und laßt die Fahnen wehn,
Schön ist doch das Leben!

Pfingsten
Emanuel Geibel

Das Fest der Pfingsten kommt im Hall der Glocken,
Da jauchzt in Frühlingsschauern die Natur;
Auf jedem Strauch des Waldes und der Flur
Schwebt eine Ros' als Flamme mit Frohlocken.

O Geist, der einst in goldnen Feuerflocken
Aufs Haupt der Jünger brausend niederfuhr,
Von deinem Reichtum einen Funken nur,
Hernieder send' ihn auf des Sängers Locken!

Ich weiß es wohl, nicht würdig bin ich dein;
Doch hast du nie die Tugend ja gemessen,
Der Glaube zieht, die Sehnsucht dich allein.

Der Armen hast du nimmermehr vergessen,
Du kehrtest in der Fischer Hütten ein,
Und an der Sünder Tisch bist du gesessen.

Pfingstbestellung
Joachim Ringelnatz

Ein Pfingstgedichtchen will heraus
ins Freie, ins Kühne.
So treibt es mich aus meinem Haus
ins Neue, ins Grüne.

Wenn sich der Himmel grau bezieht,
mich stört's nicht im geringsten.
Wer meine weiße Hose sieht,
der merkt doch: Es ist Pfingsten.

Nun hab ich ein Gedicht gedrückt,
wie Hühner Eier legen,
und gehe festlich und geschmückt –
Pfingstochse meinetwegen –
dem Honorar entgegen.

Pfingsten

Heinrich Seidel

Es sandte der Frühling, der frohe Geselle,
Viel lustige Boten, sein Kommen zu künden:
Die schimmernden Glöckchen im weissen Gewand,
Narzissen, Tazetten und Hyazinthen,
leuchtende Krokos und liebliche Veilchen.
Erst rief die Meise an milden Tagen,
Dann lullte die Lerche in laueren Lüften,
Dann tönte so fröhlich des Finken Fanfare,
Und dann in wiegenden Wipfeln des Waldes
Da schlug die Amsel im Abendroth.
Sie riefen es alle: »Er kommt, er kommt!«
Und siehe, er kam, der sonnige Sieger,
Zu Häupten die Wolke von schweifenden Schwalben.
Er kam, umklungen von Nachtigallchören,
Von Faltern umflattert, von Bienen umflogen,
Und Rosen trug er in seiner Rechten
Und liebliche Lilien in seiner Linken
Maiblumen umblühten sein goldenes Haar.
Nun pflanzen wir auf die Fahnen des Sieges,
Die lustigen Büsche der leuchtenden Birke.
Es flattern und wehen die fliegenden Wimpel
Von hohen Gerüsten, Thürmen und Thoren.
Es kündet ihr Duften in dumpfen Kellern
Des frischen Frühlings fröhlichen Gruß.
Sie winken und wehen von Karren und Wagen.
Ja selbst der magere mürrische Miethsgaul
Erhält zur Zierde ein grünes Zweiglein
Als frohes Zeichen der fröhlichen Zeit.
Nun strömt es hervor aus Strassen und Thoren
Wo Wiesen sich weiten, wo winket der Wald,
Die blühenden Mädchen, die Menschenblumen
Leuchten im Grün mit lichten Gewändern.
Doch heller noch glänzen und rosiger glühen
Die lächelnden Augen, der liebliche Mund.

Ja selbst der vertrocknete trübe Philister
Fühlet ein wenig von wirklicher Wonne!
Ihm fährt's in die Beine, er hüpft wie ein Böcklein
Und trällert ein Liedchen und trabt in die »Boombluth«[2].

Doch andere wandern auf anderen Wegen,
Wo zwischen Bäumen und Blüthengebüschen
Mit röthlichen Mauern der Dom emporragt
Und im Sonnenglanz, umschweift von Schwalben
Hoch zum Himmel mit riesigem Finger
Hinaufzeigt, mächtig mahnend die Menschen.
Feierlich tönen die frommen Choräle
Und der Orgel wundergewaltiges Dröhnen
Hinaus in die heitre wonnige Welt.
Doch rings in der Runde in Blüthengebüschen
Da jubeln und jauchzen die Nachtigallen.
Sie singen das Lied von Liebe und Leben
Und alles mischt sich zu mächtigem Chore,
Das Frühlingsjauchzen, die frommen Gesänge.
Sie steigen vereinigt zur Höhe, zum Himmel,
Zum gütigen Gotte, der alles gegeben.
Zu ihm, den herrlichen Herrscher der Welt!

2) Boombluth = sächsisch für »Baumblüte«

Wenn's Pfingsten regnet
Paula Dehmel

Oben aus dem Fahnenhaus
guckt das schwarze Wettermännchen raus,
spreizt die Beine und grinst uns an;
schäme dich, alter Wettermann!
Am Ostersonntag, vor sieben Wochen,
hast du dem Fritze fest versprochen,
daß zu Pfingsten, im Monat Mai,
das allerschönste Wetter sei.
Und nun regnet's, liebe Not,
alle hellen Blüten tot;
sie liegen da wie nasser Schnee.
Auf den Wegen steht See an See;
ja, wenn wir noch drin baden könnten,
wie die Spatzen oder die Enten.
Wir dürfen aber gar nicht raus,
sehn so mucksch[3] wie Maulwürfe aus;
röche nicht der Kuchen so lecker her,
wüßte man gar nicht, daß Feiertag wär.
Nicht mal die Pfingstkleider kriegt man an;
schäme dich, schwarzer Wettermann!

---

3) mucksch = Plattdeutsch für »mürrisch«

An meine Mutter

Annette von Droste-Hülshoff

So gern hätt' ich ein schönes Lied gemacht,
Von deiner Liebe, deiner treuen Weise,
Die Gabe, die für andre immer wacht,
Hätt' ich so gern geweckt zu deinem Preise.

Doch wie ich auch gesonnen mehr und mehr,
Und wie ich auch die Reime mochte stellen,
Des Herzens Fluten rollten drüber her,
Zerstörten mir des Liedes zarte Wellen.

So nimm die einfach schlichte Gabe hin,
vom einfach ungeschmückten Wort getragen,
Und meine ganze Seele nimm darin;
Wo man am meisten fühlt, weiß man nicht viel zu sagen.

An meine Mutter B. Heine[4]

Heinrich Heine

1

Ich bin's gewohnt, den Kopf recht hoch zu tragen,
Mein Sinn ist auch ein bißchen starr und zähe;
Wenn selbst der König mir ins Antlitz sähe,
Ich würde nicht die Augen niederschlagen.

Doch, liebe Mutter, offen will ich's sagen:
Wie mächtig auch mein stolzer Mut sich blähe,
In deiner selig süßen, trauten Nähe
Ergreift mich oft ein demutvolles Zagen.

Ist es dein Geist, der heimlich mich bezwinget,
Dein hoher Geist, der alles kühn durchdringet,
Und blitzend sich zum Himmelslichte schwinget?

Quält mich Erinnerung, daß ich verübet
So manche Tat, die dir das Herz betrübet?
Das schöne Herz, das mich so sehr geliebet?

2

Im tollen Wahn hatt ich dich einst verlassen,
Ich wollte gehn die ganze Welt zu Ende,
Und wollte sehn, ob ich die Liebe fände,
Um liebevoll die Liebe zu umfassen.

Die Liebe suchte ich auf allen Gassen,
Vor jeder Türe streckt ich aus die Hände,
Und bettelte um g'ringe Liebesspende –
Doch lachend gab man mir nur kaltes Hassen.

Und immer irrte ich nach Liebe, immer
Nach Liebe, doch die Liebe fand ich nimmer,
Und kehrte um nach Hause, krank und trübe.

Doch da bist du entgegen mir gekommen,
Und ach! Was da in deinem Aug geschwommen,
Das war die süße, langgesuchte Liebe.

---

4) B. Heine = Betty Heine

An die Mutter

Karl May

Ich hab gefehlt, und du hast es getragen
so manches Mal und, ach, so lang, so schwer.
Wie das mich nun bedrückt, kann ich nicht sagen;
o komm noch einmal, einmal zu mir her!

Du starbst ja nicht; du bist hinaufgestiegen
zu reinen Geistern, meiner Mutter Geist.
Ich weiß, du siehst jetzt betend mich hier liegen;
o komm, o komm, und sag, daß du verzeihst!

Komm mir im Traum; komm in der Dämmerstunde,
wenn, Stern um Stern, der Himmel uns umarmt.
Bring mir Verzeihung, und bring mir die Kunde,
daß auch die Seligkeit sich mein erbarmt!

Auf das Grab von Schillers Mutter (Elisabetha Dorothea Schiller)

Eduard Mörike

Nach der Seite des Dorfs, wo jener alternde Zaun dort
Ländliche Gräber umschließt, wall ich in Einsamkeit oft.
Sieh den gesunkenen Hügel; es kennen die ältesten Greise
Kaum ihn noch, und es ahnt niemand ein Heiligtum hier.
Jegliche Zierde gebricht und jedes deutende Zeichen;
Dürftig breitet ein Baum schützende Arme umher.
Wilde Rose! dich find ich allein statt anderer Blumen;
Ja, beschäme sie nur, brich als ein Wunder hervor!
Tausendblättrig eröffne dein Herz! entzünde dich herrlich
Am begeisternden Duft, den aus der Tiefe du ziehst!
Eines Unsterblichen Mutter liegt hier bestattet; es richten
Deutschlands Männer und Fraun eben den Marmor ihm auf.

Des Kindes Seligkeit

Karl May

Ich schlafe ein an meiner Mutter Brust;
o welche Wonne, welche sel'ge Lust!
Die Mutter ist so fromm; sie ist so rein,
und ich will so wie sie auch immer sein.

Ich schlafe ein an meiner Mutter Brust;
o welche Wonne, welche sel'ge Lust!
Sie ist so lieb; sie ist so mild, so gut;
ich sag ihr Alles, was mir wehe tut.

Ich schlafe ein an meiner Mutter Brust;
o welche Wonne, welche sel'ge Lust!
Geht sie dereinst in Gottes Himmel ein,
wird sie mein Engel, o mein Engel sein!

Großmütterchen

Karl May

Sie trug mich stets auf ihren Armen;
sie lehrte mich den ersten Schritt,
und weinte ich zum Herzerbarmen,
so weinte sie erbarmend mit.

Wenn sie des Abends mich ins Nestchen
mit linder Segenshand gebracht,
so bat ich: »Bleibe noch ein Restchen«,
und meinte da »die ganze Nacht«.

Und wenn ein böser Traum mich schreckte,
so saß sie da beim kleinen Licht,
nahm weg den Schirm, der es bedeckte,
und sah mir liebend ins Gesicht.

Trotz ihrer hellen Augensterne
tat ich sodann die Frage doch:
»Ich träume ohne dich nicht gerne;
Großmütterchen, sag, wachst du noch?«

Zwar ist sie längst von mir gegangen;
ich selbst bin alt, fast schon ein Greis,
und fühl mich doch von ihr umfangen,
die mich noch jetzt zu segnen weiß.

Stets ist es mir, geh ich zur Ruhe,
als setze sie sich zu mir hin,
und wenn ich etwas Wicht'ges tue,
kommt sie mir hilfreich in den Sinn.

So oft ich Sterne leuchten sehe,
hell wie in meiner Jugendzeit,
hör ich ihr Wort: »Was auch geschehe,
du und dein Glück, ihr seid gefeit.«

Dann möcht ich, wie in jenen Tagen,
zwar überflüssig, aber doch
die lieben, lieben Sterne fragen:
»Großmütterchen, sag, wachst du noch?«

Rezept

von Katharina Elisabeth Goethe,
Mutter von Johann Wolfgang von Goethe

Man nehme zwölf Monate, putze sie ganz sauber von Bitterkeit, Geiz, Pedanterie und Angst und zerlege jeden Monat in 30 oder 31 Teile, so dass der Vorrat für ein ganzes Jahr reicht. Nun wird jeder Tag einzeln angerichtet aus einem Teil Arbeit und zwei Teilen Frohsinn und Humor. Danach füge man drei gehäufte Esslöffel Optimismus hinzu, einen Teelöffel Toleranz, ein Körnchen Ironie und Takt. Jetzt wird noch alles reichlich und mit viel Liebe übergossen. Das fertige Gericht empfiehlt sich jetzt noch mit Sträußchen kleiner Aufmerksamkeiten zu schmücken und serviere es dann täglich mit Heiterkeit und mit einer guten, erquickenden Tasse Tee.

Advent

Rainer Maria Rilke

Es treibt der Wind im Winterwalde
Die Flockenherde wie ein Hirt,
Und manche Tanne ahnt, wie balde
Sie fromm und lichterheilig wird,
Und lauscht hinaus. Den weißen Wegen
Streckt sie die Zweige hin – bereit,
Und wehrt dem Wind und wächst entgegen
Der einen Nacht der Herrlichkeit.

Ave Maria

Ludwig Thoma

Es ist schon Feierabend gewest,
der heilige Josef hobelt noch fest.
Er macht wohl eine Liegerstätt
für einen Reichen zu Nazareth.

Die Jungfrau Maria hat noch genäht!
Zur Arbeit war es ihr nicht zu spät.
Sie fädelt wieder die Nadel ein,
die Arbeit muß morgen schon fertig sein.

Er hobelt weiter, sie näht das Kleid,
die Stube liegt bald in Dunkelheit.
Da öffnet ein Engel des Herrn die Tür
und sagt: »Maria, der Herr ist mit dir.

Ich trag eine frohe Botschaft bei.
Unter den Weibern du bist benedeit,
ja, deiner wartet das schönste Los.
Du trägst Herrn Jesus in deinem Schoß.«

Jetzt ist der Engel wiederum fort.
Maria hört das fröhliche Wort
und lacht glücklich in sich hinein,
da würde sie nun bald Mutter sein.

Sie hat sich aber gleich aufgerafft
und hat gar fleißig weitergeschafft.
Der Josef hobelt an seinem Bett
für einen Reichen aus Nazareth.

Der Stern

Wilhelm Busch

Hätt einer auch fast mehr Verstand
als wie die drei Weisen aus Morgenland
und ließe sich dünken, er wär wohl nie
dem Sternlein nachgereist wie sie;
dennoch, wenn nun das Weihnachtsfest
seine Lichtlein wonniglich scheinen läßt,
fällt auch auf sein verständig Gesicht,
er mag es merken oder nicht,
ein freundlicher Strahl
des Wundersternes von dazumal.

Der ungeduldige Weihnachtsstollen

Helmut Wördemann

Es war einmal ein Weihnachtsstollen, der war ganz durchknetet von dem Gedanken, als leckeres Frühstücksbrot mit Butter zu dienen. Ja, es wurde ihm sogar in Aussicht gestellt, zum Nachmittagskaffee serviert zu werden, wie Kuchen, wie richtiger Kuchen.

Nun lag der süße Stollen aber schon wochenlang im Brotfach, lag da in durchsichtigem, glänzendem Weihnachtspapier mit Schneelandschaft und Christkind-Schlitten und musste mit ansehen, wie alle anderen Brote gebraucht wurden: das Schwarzbrot, das Vollkornbrot; sogar das Weißbrot und das Knäckebrot kamen regelmäßig an die Reihe und durften sich bewähren.

Ich glaube, der Stollen wurde ganz blass vor Neid und vor Ungeduld, aber das konnte man nicht sicher sagen, weil er ja über und über mit Puderzucker bedeckt war.

»Da hat man soviel Aufhebens um mich gemacht,« dachte der Stollen bitter wie Sukade[5], »hat mich gesüßt und mit Rosinen gespickt. Ja, sogar Marzipanstückchen hat die Hausfrau in mich hineingebacken. Und nun? Nun bin ich überflüssig und gammele hier 'rum, schön und lecker, aber unnütz.«

Doch dann kam Heiligabend. Die Hausfrau stellte im Wohnzimmer die Geschenke auf. Und nun, nun deckte sie in der Küche den festlichsten Kaffeetisch des Jahres; und das Beste, das Edelste und das Leckerste, das sie zu bieten hatte, das war der Weihnachtsstollen.

Leider konnte er seine große, feierliche Wichtigkeit nicht lange genießen, denn er schmeckte gar zu gut und war nach einer halben Stunde gegessen.

5) Sukade = Zitronat

Der Wunschzettel

Heinrich Seidel

»Das Weihnachtsfest naht schon heran« –
der Hansel sagt's beim Essen –,
»die Wünsche meld' ich euch jetzt an,
ihr dürft sie nicht vergessen!
Um Ski und Schlittschuh' möchte ich
euch ganz besonders bitten;
auch fehlt, ihr wißt es sicherlich,
mir noch ein neuer Schlitten.
Drei dicke Bücher wünsch ich mir,
Briefmarken auch daneben,
dazu ein Album und Papier,
um sie schön einzukleben.
Ein Domino, ein Schachbrettspiel,
ein Kasperletheater –
und einen neuen Peitschenstiel
vergiß nicht, lieber Vater!
und viele Tiere auch von Holz
und andere aus Pappe,
Indianerfederkopfschmuck stolz
und eine neue Mappe.
Ein Brennglas, eine Kamera,
ein Blitzlicht für die Nacht; –
ich knipse dann von fern und nah,
wie sich's gerade macht.
Und einen großen Tannenbaum,
dran hundert Lichter glänzen,
mit Marzipan und Zuckerschaum
und Schokoladenkränzen.
Doch scheint euch dies ein wenig viel,
so könnt ihr daraus wählen.
Es könnte wohl der Peitschenstiel
und auch die Mappe fehlen!«
Als Hansel so gesprochen hat,
sieht man die Eltern lachen.
»Was willst du, kleiner Nimmersatt,
mit all den vielen Sachen?«

»Wer soviel wünscht«, der Vater spricht,
»bekommt auch nicht ein Achtel.
Er kriegt ein ganz klein wenig Nix
in einer Pfennigschachtel.«

Herbergsuchen

Günter Verdin

Die Tür ist offen, kommen Sie nur herein. Sie sind es, Frau Leutpold? Machen Sie nur Licht. Wissen Sie, ich sitze gern im Dunkeln. Hab gerade nachgedacht, wie das früher war zu Weihnachten. So viele Leute, schon am Heiligen Abend, und erst am Christtag, da kamen die entfernteren Verwandten und die vielen Bekannten auf eine Jausen. Die Kinder haben mit den neuen Geschenken gespielt. Wollen Sie Vanillekipferl, Frau Leutpold, schaun Sie, da auf dem Tisch, in dem Schachterl, holen Sies uns her zum Ofen, und zünden Sie die Kerzen vom Adventkranz an, ja? Was so ein paar Tannenzweigerl für einen Duft verströmen. Schaun Sie, Frau Leutpold, das Parfüm haben mir meine Enkerl zu Weihnachten geschickt, tupfen Sie sich auch was hinter die Ohren, heute sind wir einmal ganz feine Damen. Sollen wir uns einen Kaffee machen? Die Vanillekipferl sind ein bisserl trocken, wenn man nichts dazu trinkt. Gehns, machens uns einen schönen Kaffee, Frau Leutpold, Sie haben noch gesunde Beine, draußen in der Küche steht eine ganz frische Packung, meine Heimhilfe war heute noch einmal da, vor den Feiertagen, und hat Milch mitgebracht, trinken Sie ihn auch so hell? Nehmen Sie das schöne Porzellan, Frau Leutpold, heute ist doch Weihnachten.

Ich wollte mir gerade »Licht ins Dunkel« ansehen, aber ich freu mich, dass Sie mich besuchen kommen. Jetzt ist alles so still geworden im Haus, sind alle schon ausgezogen? Zuletzt haben drüben am Gang Türken gewohnt, eine ganze Familie, drei Frauen, und ich glaube sechs Kinder. Die Frauen haben sich immer so ein bisschen an einem vorbeigedrückt mit ihren Kopftüchern, aber die Männer waren sehr freundlich. Und immer gut aufgelegt. Dabei ist doch die Gangwohnung wirklich zu klein für so viele Menschen. Die Frauen habe ich oft singen gehört, das müssen aber traurige, wehmütige Lieder sein in der Türkei, voller Sehnsucht. Die haben auch nichts zu lachen, wenn sie bei uns arbeiten müssen, und singen doch.

Ich nehm immer drei Löffel Zucker in den Kaffee, und viel Milch, sonst ist er mir zu schwarz für den Abend. Wie lang ist Ihr Mann jetzt schon tot, Frau Leutpold? Ist das auch schon wieder acht Jahre her? Brauchen Sie ein Schneuztuch, nein, Sie sollen doch jetzt nicht weinen, ihrem Mann geht es jetzt besser als uns, glaubens es nur, der preferanzt jetzt mit dem Meinigen im Himmel, und einen wunderschönen Christbaum haben sie, da hat mein Mann immer großen Wert daraufgelegt, dass er schön grad war und die Zweigerl regelmäßig am Stamm. Sie haben schon recht, weinen Sie ruhig, das hilft. Jetzt muss ich mich aber auch gleich schneuzen. Ich mein, Ihr Mann wird den meinigen im Himmel schon herumführen und ihm alles zeigen, waren ja recht gut miteinander, und der Johann ist ja noch so neu im Himmel. Er hat ja so schwer Abschied genommen, der Johann, aber wir waren alle bei ihm, die Kinder und die Enkerl, und eine Schwester von ihm. Der Arzt hat gesagt, in seinem Zustand wäre eine leichte Besserung eingetreten, und er hat auch wirklich schon ein bisserl gesünder ausgeschaut. Da hat er sich plötzlich aufgesetzt im Bett, und hat gesagt, wir sollen jetzt mit ihm zusammen ein Vaterunser beten. Und dann hat er die Augen zugemacht und ist gestorben. Die ersten Weihnachten allein sind halt immer die schwersten. Haben Sie gar niemanden mehr auf der Welt, Frau Leutpold? Das kann sich niemand vorstellen, wenn man so allein ist. Aber ich will ihnen einmal was sagen, ich hab doch eine so liebe Familie, den Sohn und die Tochter, und die Schwiegerkinder und die vielen Enkerl, und jetzt bin ich trotzdem allein zu Weihnachten. Die Tochter hat das Geschäft in Karlsruhe, die haben heute Vormittag noch offen gehabt, und der Sohn hat Dienst im Spital in München. Jeder muss schauen, wo er unter kommt, da hat man so eine große Familie und sie ist über die ganze Welt verstreut. Bei den Türken am Gang war die Großmutter auch dabei, aber das ist eben eine andere Mentalität. Bei uns auf dem Land gab es ja auch noch die Großfamilie, aber die Stadt treibt alle auseinander, das ist so eine Zentrifugalkraft, erst purzeln wir aus dem Blickfeld, dann aus dem Leben.

Übers Zuhören haben Sie jetzt ganz aufs Weinen vergessen, Frau Leutpold, es ist alles gar nicht so schlimm. Da drinnen, hier in uns müssen wir sie alle haben, die Kinder und Enkerl, unsere Männer und unsere eigenen Eltern, wenn wir sie nur fest genug denken, dann hat eine ganze Großfamilie in uns Platz, und wenn wir ganz genau hineinhören, dann bekommen wir auch Antworten auf unsere Ratlosigkeit. Haben Sie wirklich niemand, der Sie für heut eingeladen hat, Frau Leutpold? Wissen Sie was, dann bleiben Sie heute bei mir. Ich habe zwei Karpfen, die braucht man nur herausbacken, und einen guten Roten machen wir auf, und »Licht ins Dunkel« lass ich heut bleiben, einverstanden? Na also. Wissen Sie, dass ich mir oft überlegt hab, warum der Spendensammler ausgerechnet am Weihnachtsabend sich den ganzen Tag ins Fernsehstudio setzt und alle möglichen Leute empfängt? Wo er doch auch eine Familie hat, die ihn braucht? Er wird halt schon als Kind zu Weihnachten immer viele Leute um sich gehabt haben, auch so eine große Familie, und zu Weihnachten wiederholen wir ja auch ein Stückerl unserer eigenen Kindheit, eigentlich war mir Karpfen immer ein bisserl zu fett und zu grätig, und trotzdem esse ich jedes Jahr wieder Karpfen, weil es bei uns zu Hause immer Karpfen gegeben hat. Beinahe hätt ich mir heuer auch einen Christbaum mitbringen lassen, aber er macht doch zuviel Arbeit, und ich kann ja kaum gehen mit meinem Rheumatismus, schauen Sie, wie fest ich die Knie eingebunden habe.

Aber ich bin kein Pflegefall, ich komm noch ganz gut zurecht, und die Heimhilfe macht jeden Tag sauber und kauft das Nötigste ein. Sie sind doch noch so gut beinander, Frau Leutpold, warum wollen Sie denn schon zu Neujahr ins Altersheim? Die Stadt hat doch das Haus noch gar nicht an die Versicherung verkauft. Ja, sie haben schon alle Mieter rausgekündigt, aber wir beide wohnen doch schon so lange in dem Haus. Wir müssen doch dem Haus treu bleiben. Die werden uns irgendeine Neubauwohnung als Ersatz anbieten, viel praktischer, mit Zentralheizung, und Klo und Bad, aber alte Bäume wie uns verpflanzt man nicht mehr.

Ist das wirklich wahr? Sie haben schon alles zusammengepackt? Und wer packt Ihnen die Erinnerungen ein? Manchmal, wenn ich so dasitz im Dunkeln, greif ich rüber und leg die Hand ganz flach an die Wand. Dann erzählt mir das Haus seine Geschichte, erst ist es ganz kalt und verstockt, aber dann taut es auf und redet sich richtig warm. Und das geht alles durch meine Hand, durch meinen Arm, durch mich durch. Das Haus, das sind wir, Frau Leutpold, wir sind ein altes Haus. Und da wollen Sie wegziehen? Sie meinen Sie müssen? Aber die Stadt hat doch das Haus noch gar nicht an die Versicherung verkauft, das ist doch alles nur ein Plan, noch nichts Schwarz auf Weiß. Sie meinen, weil die Versicherung das Haus nebenan auch in ein Bürohaus umgebaut hat. Obwohl das Haus angeblich unter Denkmalschutz stand. Die Fassade haben sie ja auch erhalten. Warum sich diese Firmen alle auf das Stadtinnere konzentrieren, bald gibt es nur mehr Büros in der Innenstadt, und die Menschen leben alle draußen am Rand.

Gehns, man darf das alles nicht so schwarz sehen, Frau Leutpold, jetzt trinken wir ein Glaserl auf die Zukunft. Das ist ein feuriger Roter, täten Sie die Flasche vom Tisch herholen? Bis ich aufsteh, ist der Wein sauer. Und löschen Sie gleich die Kerzen aus, der Plafond ist schon ganz schwarz. Neben dem Kranz liegt noch die Weihnachtspost, bringen Sie sie mir mit, geh bitte, ich hab noch gar nicht alle Brieferl aufgemacht. Prost, Frau Leutpold, auf die Zukunft! Na, schauns, jetzt haben Sie schon eine ganz rote Nase, wenn wir jetzt auf einen Ball gehen täten, müssten wir uns das Näschen pudern. Geh schauns, Frau Leutpold, eine Geburtsanzeige. Wer ist denn da geboren worden? Kenn ich noch gar nicht, na, kann ich ja gar nicht kennen, wenn's erst geboren worden ist, gelt? Ah, die Frau vom Tischlermeister vom Achterhaus hat ein Kind gekriegt. Hat das Kind ein Glück, dass es nicht heute geboren worden ist, sonst hätts sein Leben lang die Geburtstagsgeschenke zu Weihnachten bekommen, so was schmerzt, sag ich ihnen.

Da ist ein Brief vom Vizebürgermeister, des is ein Schwarzer, der kümmert sich sehr um die alten Leut. Das ist so: der Bürgermeister, das ist ein Roter, der schickt immer die Briefe zu den Jubiläen, also zur Goldenen Hochzeit, da schickt er den Paaren dann silberne Fünfundzwanziger, und zur Eisernen Hochzeit schickt er vielleicht eine Goldmünze, und die Briefe sind alle sehr freundlich und schon vorgedruckt, auch das Autogramm ist schon drauf gedruckt. Ist aber alles sehr persönlich gemeint, ich glaub, ich bin ein bisserl beschwipst, Frau Leutpold, was? Der Vizebürgermeister kümmert sich um alle Geburtstage, er wünscht einem halt alles Gute und ein langes Leben, und manchmal verrät er einem auch, dass man seine Partei auch mit Briefwahl wählen kann, wenn man sich nicht selbst zur Urne begeben kann.

Ist halt alles sehr menschlich gemeint. Jetzt gratuliert er mir wahrscheinlich zum Weihnachtsfest, der Herr Vizebürgermeister, nein, Frau Leutpold, halten Sie die Luft an, den Brief hat er wirklich selbst geschrieben, stellens Ihr Glas weg, ob ich gehört hätte, dass es Pläne der Stadt gebe, das Haus, in dem Sie, also ich, schon solange wohnen, zu verkaufen, er habe sich aber um die Angelegenheit gekümmert, und nach Prüfung der rechtlichen Lage und der gesetzlichen Bestimmungen für Denkmalschutz wird das Haus zu Wohnzwecken erhalten bleiben und sogar modellhaft restauriert werden. Hören Sie, Frau Leutpold, ziehens sofort aus, aus dem Altersheim, bevor sie einziehen, unser Haus bleibt, nein, es wird ein Modell. Wir sind jetzt ein sehr feines altes Haus, Frau Leutpold, fröhliche Weihnachten, könnten Sie mir, ich borg mir sonst nie was aus, könnten Sie mir jetzt Ihr Schneuztücherl borgen?

Kein Schnee

Heinz Bornemann

Der Weihnachtsmann mit seinem Schlitten,
hat noch niemals so gelitten,
kein Schnee für seines Schlitten Kufen,
er muss den Pannendienst wohl rufen.
Der Engel vom ADAC,
sagt auch verzweifelt nur, oh ne,
für Schlitten hab ich keine Reifen,
das müssen leider Sie begreifen.
Ein großer Laster muss nun her,
der Schlitten ist ja furchtbar schwer,
der Weihnachtsmann, er schuftet fleißig,
doch überall ist Tempo 30.
So kommts Geschenk nicht pünktlich an,
es ärgert sich ein jedermann,
dem Weihnachtsmann wirds schon ganz flau,
denn nun steckt er im Riesenstau.
Die Rentiere stehn da und lachen,
was macht der Alte bloß für Sachen,
sie könnten sich vor Freude biegen,
er hat vergessen, wir könn fliegen.
So kriegt auch diesmal jedes Kind,
ganz sicher sein Geschenk geschwind,
denn würde das mal nicht so sein,
der liebe Gott ließ es schon schnein.

Kleiner Weihnachtswunschzettel

Herbert Amendt

Ich wünsch mir einen Hosenlupf,
und ein paar Augenblicke,
Und einen Mund voll Gugelhupf
und eine Eselsbrücke.
Ich wünsche mir ein Visàvis,
und eine neunte Symphonie,
und einen Zaun mit Lücke.

Ich wünsch mir einen Katarakt
und schäumende Kaskaden,
und einen wilden Zeugungsakt
und einen Diplomaten.
Ich wünsch mir einen Leserbrief
und ein genaues Tatmotiv
und einen Teufelsbraten.

Ich wünsch mir einen Vorzugspreis
und einen Raumgestalter
und einen schlagenden Beweis
und einen Kassenschalter.
Ich wünsch mir eine Gaunerei
und einen Teich mit Katzenhai
und einen Kümmelspalter.

Ich wünsch mir etwas Fersengeld
und einen Zweifelsfall
und eine Stunde Unterwelt
dazu ein Intervall.
Ich wünsch mir einen Scheidungsgrund
und einen großen Schweinehund.
Das wär's für dieses Mal.

Weihnacht

Robert Prutz

Wie sonst zu frohem Weihnachtsfeste
Das Haus von Lichtern sich erhellt,
Da tönt Gesang, da jubeln Gäste,
Da jauchzt die sel'ge Kinderwelt;
Die Kinderwelt, die, gleich den Dichtern,
Den Himmel noch im Herzen führt
Und noch an Tand und bunten Lichtern
Ein köstliches Behagen spürt.

Heut' du und ich im dunkeln Hause,
Kein Dritter soll uns nahe sein –
Heut' du und ich in stiller Klause,
Von allen wir, wir ganz allein!
Die sonst mit mir dies Fest begangen,
Sie sind nicht da, sind weit von hier,
Dich halt' ich, meine Braut, umfangen,
Mein Alles dich – nichts fehlet mir.

Laß flammen denn die Weihnachtskerzen!
So golden flammt die Sonne kaum,
Als stolz und froh in unsern Herzen
Der Liebe goldner Weihnachtsbaum!
Und wie sonst Naschwerk, bunte Nüsse
Man von des Baumes Zweigen pflückt,
So haben Blicke, haben Küsse
Uns unsern Weihnachtsbaum geschmückt.

Nur du und ich! O laß sie glühen,
Die Kerzen nicht, die Herzen auch
Laß flammen, glühen und zersprühen,
Das ist der Liebe Festgebrauch!
Nur du und ich! In unsre Mitte
Nie dränge sich ein fremder Fuß,
Stets zwischen dir und mir der Dritte
Sei unsrer Liebe Genius!

Am Vorabend von Rosens Geburtstag
Wilhelm Busch

Lauschend am Fenster sitzt der Poet. –
Draußen die Blumen und Pflänzchen
Halten ihr Abendkränzchen
Auf dem Gartenbeet.
Der Mond in Silberlivree,
Leise geschäftig,
Kredenzt den Tau, den Blütentee,
Anregend und kräftig.
Und von Kelch zu Kelche
Geht ein Geflüster:
»Also morgen ist er!«
Frau Ehrenpreis (Veronika): Ja, morgen feiert sie
Ihren werten Entsprießungstag –
Taubnessel (mit dem Hörrohr): Hä was? Hä welche?
Frau Ehrenpreis (lauter): – Drüben im Garten die schöne Frau Rose –
Taubnessel: Ah! Mit den zwei Knospen die!
Frau Ehrenpreis: – die tadel- und dornenlose –
Distel (für sich): Wer's glauben mag!
Frau Ehrenpreis: – Von Duft und Glanz umwoben.
Distel: Man weiß, man weiß!
Die gute Frau Ehrenpreis
Muß immer loben.
Und doch hat unser Röschen, das feine,
Allerlei kleine
Grillen und Räupchen
Unter dem zierlichen Häubchen.
Gänseblümchen: O wie reizend!
Distel: Bald steht sie da so mildiglich
Und senkt die Blätter,
Bald rüttelt, schüttelt und spreizt sie sich,
Je nach dem Wetter.
Gänseblümchen: O wie reizend!
Klatschrose: Ja reizend, das wollt' ich meinen!
Drum sieht man auch häufig den Löwenzahn,
Den Rittersporn und den Baldrian
Dort wachsen und erscheinen.
Gänseblümchen: O wie reizend!

Klatschrose: Ja reizend, ganz recht!
Und dann dieser Musenknecht,
Dieser Dichter –
Distel: Der Versetrichter –
Klatschrose: – mit langen Locken –
Distel: – mit dem Loch im Socken.
Gänseblümchen: O wie reizend!
Klatschrose: Alltäglich kläglich mit Gefühl
In ihrer Nähe
Entlockt er seinem Saitenspiel
Lieblich Getön
Und singt so schön –
Distel: – wie n'e Mantelkrähe.
Klatschrose: Zum Beispiel, noch gestern –
Lilie (sanft): Geliebte Schwestern! –
Frau Ehrenpreis: Ihr Muster der Milde!
Ihr Tugendgebilde!
Lilie: Wen sollte der festliche Tag nicht rühren!
Ich denke doch –
Levkoje, Tulpe, Päonie, Phlox: Jaja, wir alle gratulieren!
Frau Ehrenpreis: Ein Schöngeist blüht in unsrer Mitte,
Ein hochgeschickter –
Fräulein Federnelke –
Federnelke: O bitte!
Distel (für sich): Blaustrumpf, verrückter!
Frau Ehrenpreis: – Federnelke, die wundersame,
So lautet ihr holder botanischer Name.
Vielleicht läßt sie sich freundlich erweichen
Und schreibt und dichtet ein Billett,
Duftend, geistvoll und nett.
Das möge dann die dienende Biene,
Unsere süße geflügelte Schleckerkathrine,
Hinschwebend im frühesten Morgenwind,
Dem hohen Geburtstagskind
Ehrfurchtsvoll sumsend überreichen.
Gänseblümchen: O wie reizend!
Federnelke (schreibt und liest): »Veredelte Rose und Nachbarin!
Nehmet dies Brieflein gnädig hin,
Sintemalen dasselbe geschrieben
Von allerlei Pflanzen, welche Euch lieben.
Verleihe der Himmel Euer Gnaden

Beständig ein sanftes Sonnenlicht
Und frischen Tau und meinetwegen
Auch hie und da ein wenig Regen,
Nur Sturmwind nicht,
Denn dieser tut der Schönheit Schaden.
Ergebenst mit Herz und Honigmund
Das Blumenkränzchen: Tugendbund.«
Gänseblümchen: O wie reizend!
Federnelke: Ich denke, es macht sich so!
Alle: Bravo bravissimo!
Mond: Noch 'n Täßchen Tee gefällig?
Levkoje: Ich trank schon drei.
Phlox: Ich fünf.
Tulpe: Ich acht.
Päonie: Mein Mieder kracht!
Alle: Gute Nacht, gute Nacht!
(Die Blumen nicken. Der Mond geht unter. Der Poet,
nachdem er noch einen Blick in die Nacht hinaus gebohrt,
schließt leise das Fenster.)

An Emma zum Geburtstag

Georg Herwegh

10. Mai 1860

Ich träumte von Schätzen die ganze Nacht,
Die ich dir wollte senden,
Und drüber bin ich aufgewacht
Mit leeren, leeren Händen.
Die Blumen schmücken dieses Jahr
Zwei Gräber deiner Lieben;
Die Blumen der Freude sind sogar,
Ich glaube, ausgeblieben.
Eins schleicht sich nach dem andern fort –
Und wären wir beständig?
Zuletzt bleibt noch ein Menschenwort
Am sichersten lebendig.
Mit solchem Worte denkt dein Mann
Dich baldigst zu begrüßen,
Und diesen Schatz legt er alsdann
Dir, lieber Schatz, zu Füßen.

Die aufmüpfigen Geburtstage

Helmut Wördemann

Es war einmal ein Geburtstag, der wollte nicht mehr gefeiert werden. »Jedes Jahr dasselbe Theater,« sagte er zu seinen Nachbarn im Kalender, »ich habe schon erlebt, dass ich direkt nach Mitternacht herhalten musste, und abends zogen sie mich oft sehr ungehörig über die Grenze in den nächsten Tag, für den ich überhaupt nicht mehr zuständig war. Die Menschen machen doch mit unsereinem, was sie wollen. Ein bisschen Gedenken mit Blumen und Geschenken, ja das ist schön, da kann man schön bei vergehn.«

»Du hast ja so recht,« winselte der Tag links neben ihm. »Ich war gestern dran. Ich sage euch, keine ruhige Minute, keine ruhige Minute. Da möchte man doch lieber ein Blatt in einem Abreißkalender sein, um sich hinterher gleich begraben zu lassen.«

Da erinnerte sich der Tag rechts vom Heute an die dramatischen Unannehmlichkeiten des vergangenen Jahres: »Wisst ihr was,« schlug er vor: »Wir streiken, wir hauen einfach ab. Ritsch-ratsch, und weg sind wir. Wenn wir uns alle gleichzeitig ganz schwer machen, fallen wir bestimmt mit dem ganzen Kalender von der Wand und flattern fröhlich mit dem Wind davon.«

»Man merkt, dass du in diesem Jahr noch nicht dran warst, »erwiderte das Heute, »du träumst noch von einer Chance für die Zukunft. Aber erstens: Wenn wir fallen, fallen wir ganz einfach auf den Fußboden. Dann hebt uns jemand auf und hängt uns wieder an die Wand, oder er wirft uns weg, weil wir dreckig geworden sind, und das ist wirklich kein ehrenvolles Ende. Wenn wir aber das Glück haben, bei offener Tür vom Wind davongetragen zu werden, dann macht der mit uns, was er will, und am Ende lässt er uns irgendwo liegen, wo uns ein Regenschauer den Rest gibt. – Wisst ihr was ? Ich glaube, so schlimm ist eine Geburtstagsfeier gar nicht, ist jedenfalls auszuhalten, und dann hat man ja auch ein ganzes Jahr Ruhe.«

Das sahen die anderen wohl ein, und das Morgen träumte tapfer von Musik und bunten Bändern.

Trostgründe für die Unglücklichen, die am 29sten Februar geboren sind

Georg Christoph Lichtenberg

Man mag sagen, was man will, so ist ein Mensch, der nur alle vier Jahre einen Geburtstag hat, immer kein Mensch wie andere. Ja, einer der in seinem Leben der Geburtstage zu wenige hat, kommt mir in mancher Rücksicht nicht viel glücklicher vor, als die weitläufige Klasse von armen Teufeln, die der Väter zu viele haben; denn was ist dem unsterblichen Wesen, das in uns wohnt, angenehmer als zu sehen, ja unter der Hand auch wohl gar zu schmecken und zu riechen, daß sich außer ihm noch Wesen derselben Art seiner Existenz und seines Lebens freuen? Wäre auch die Freude dieser Wesen nicht immer die aufrichtigste, wovon man wohl Beispiele hat, gut, so ist es nicht minder angenehm zu sehen, daß diese Wesen es doch nötig finden müssen, so zu tun, als freuten sie sich. Jene aufrichtige Freude verrät zwar Liebe, das ist wahr; die nicht aufrichtige dafür aber Furcht und Respekt, die in sehr vielen Fällen unendlich mehr wert sind. Von diesen Freudenbezeichnungen nun verliert das unglückliche Geschöpf, das am 29sten Februar geboren ist, nach einer leichten Berechnung, in seinem Leben wenigstens bare 75 Prozent in Vergleich mit andern Menschen. Das ist etwas hart. Es sei nun das, was eingebüßt wird, ein Wunsch in Prosa, ein Carmen oder ein wirkliches Gedicht; es seien Bänder, Blumen, Kuchen, Feuerwerke, Illuminationen und Kanonaden, so sind immer die 75 Prozent davon weg wie weggeblasen. Ja, die Sache kann sehr wichtig werden. Gesetzt, der Unglückliche sei der Regent eines Reichs oder einer Stadtschule, der das Recht hat, freiwillige Geschenke an seinem Geburtstage zu erpressen, wie kann ein solcher ein Geschenk verlangen, das an einem Tage zahlbar ist, der in drei Jahren gegen eins gar nicht existiert? Sind die 29sten Februare in Jahren, wo dieser Monat nur 28 hat, also nicht die wahren Calendae graecae? Ja, wenn die griechischen Calendae bloß ein poetisches Nichts sind, wofür sich sublime, antiquarische Pedanterei diesen artigen Ausdruck schuf, so sind die 29sten Februare dreimal in vier Jahren ein wahres, solides, prosaisches Nichts des gemeinen Lebens und der alltäglichen Haushaltung; das ist ganz was anderes. Von jenem spricht man, und dieses fühlt man. – Das Bisherige galt bloß das Physische bei dieser Verkürzung; von der moralischen Seite ist der Verlust noch sehr viel größer. Denn, da jeder Mensch bekanntlich an seinem Geburtstage sich irgend etwas künftig zu tun oder zu lassen ernstlich vornimmt, z. B., wie D. Johnson, künftig früher aufzustehen oder die Bibel im nächsten Jahre ganz gewiß durchzulesen oder, wie jene Dame, keinen Branntwein mehr zu trinken; so kommt ein solcher Mensch natürlich auch um alle diese heilsamen Entschließungen, und man weiß wohl, wie es mit der Ausführung steht, wenn man gar nicht einmal zur Entschließung kommen kann. – Aber der Neujahrstag, sagt man, bleibt ihnen doch noch. – Das ist keine Antwort, den Neujahrstag haben die gewöhnlichen Menschen auch, also den 75 Prozenten geht auch hier nichts ab. Ja, was endlich das Traurigste ist, so wird dieses Unheil, wie manches andere, das uns dieses Jahrhundert zugeführt hat, ebenfalls gegen das Ende desselben ärger. Wenn nämlich das Jahr 1796 vorbei ist (das letzte Schaltjahr in diesem Jahrhundert), so haben wir in acht Jahren keines wieder. Also ein Kind, das den 29. Februar 1796 geboren würde und etwa den 28. Februar 1804 stürbe, wäre acht Jahre alt geworden, ohne einen einzigen wahren Geburtstag erlebt zu haben, den kümmerlichen etwa ausgenommen, an dem es geboren worden ist, der gar nicht in Rechnung kommen darf und kann und in dem wahren Gratulantensinn des Worts kein eigentlicher Geburtstag ist. – Doch nun nicht eine Silbe weiter in diesem Ton, der, wie wir selbst fühlen, schon zu lange gehalten worden ist. Wir würden dieses lächerliche Thema gar nicht berührt haben, wenn nicht die Frage: wann soll ein am 29. Februar Geborner seinen Geburtstag feiern, in einem berühmten Journal ziemlich ernstlich aufgeworfen und – unbeantwortet geblieben wäre. Hier ist die Antwort und der Trost:

Der Mensch wird zwar an einem gewissen Tage, an einem gewissen Datum geboren, allein sein Eintritt in die Welt, sein erster Atemzug ist das Werk eines Augenblicks. In diesem Punkt von Zeit steht die Sonne in einem gewissen Punkt der Eklipik. Er wird also genau ein Jahr alt sein, wenn die Sonne das nächste Mal wieder in demselben Punkt der Eklipik steht, und der bürgerliche Tag, in welchen jener Zeitpunkt fällt, ist der Geburtstag des Menschen im eigentlichen Verstande, er heiße nun übrigens im Kalender, wie er wolle. Dieses ist, dünkt mich, sehr klar. Das Problem: wann soll ich meinen Geburtstag feiern, wenn ich am 29. Februar geboren bin, wird also auf folgende Weise vollkommen aufgelöst werden und, im Rezept- und Problemlösungsstil abgefaßt, etwa so lauten:

1) Laß dir die Sekunde, Minute oder die Stunde deiner Geburt sagen, oder nimm den Tag aus dem Kirchenbuch. Weil du aber doch nicht den ganzen Tag über geboren worden bist, so mußt du im letzten Fall etwas Bestimmtes annehmen, z. B. die Mitte des Tages, also mittags um zwölf.

2) Suche in einem astronomischen Kalender für das Jahr deiner Geburt den Ort der Sonne (ihre Länge) für diesen Zeitpunkt. Kannst du ihn selbst berechnen, so ist es desto besser, alsdann würdest du aber eine so einfältige Frage vermutlich gar nicht tun.

3) Suche ebenfalls im Kalender von dem Jahre, da du deinen Geburtstag feiern willst, den Tag, da die Sonne genau dieselbe Länge hat, dieser Tag ist dein Geburtstag, er heiße nun wie er wolle. Wenn du so verfährst, so wirst du etwas bemerken, das dich frappieren wird, vorausgesetzt, daß du von der

Sache, wovon hier die Rede ist, gar nichts verstehst, nämlich, daß du, wenn du auch an jedem andern Tage, z. B. den 1. Mai, geboren wärest, du dennoch deinen Geburtstag unter gewissen Umständen zuweilen den 30. April, zuweilen den 2ten Mai feiern müßtest, und daß selbst die Geburtstage der höchsten Potentaten öfters ganz falsch gefeiert werden, und folglich der am 29sten Februar Geborne nicht gerade immer der einzige ist, der seinen Geburtstag an einem andern Monatstage feiern muß als dem, den ihm die gewöhnliche Methode anweist. Dieses gründet sich auf dem Umstand, daß das Jahr nicht numero rotundo aus 365 Tagen, sondern ungefähr aus 365 Tagen und 6 Stunden besteht, wir aber bei unseren bürgerlichen Geschäften uns unmöglich mit solchen Brüchen von Tagen abgeben können. Daher geht es denn auch wirklich dem Jahr selbst nicht besser als uns und den hohen Potentaten. Seine Geburtsstunde wenigstens wird dreimal unter vieren falsch gefeiert. Man freut sich oft über den Tod des alten Jahres mit Jubel, wenn es wirklich noch 18 Stunden schmachtet, und gratuliert dem neuen 18 Stunden vorher, ehe es geboren wird u.s.w. Folgende Tabelle wird völlig hinreichen, den zu leiten, der, am 29sten Februar geboren, an seinem Geburtstage gern so schmausen wollte, daß von seiten des Kalenders nichts dagegen eingewendet werden kann.

Wer am 29sten Februar morgens um 12 Uhr geboren ist, feiert seinen Geburtstag oder eigentlich Geburtsstunde, das nächste Jahr den 28. Februar morgens um 6,
das 2te Jahr den 28. Februar mittags um 12,
das 3te Jahr den 28. Febr. abends um 6,
das 4te Jahr den 29. Februar um 12 des Morgens.

Am 29. Februar um 6 des Morgens geboren:
das 1ste Jahr den 28. Februar um 12 des Mittags,
das 2te Jahr den 28. Februar um 6 des Abends,
das 3te Jahr den 28. Februar um 12 des Nachts oder den ersten März,
das 4te Jahr den 29. Februar um 6 des Morgens.

Am 29. Februar um 12 mittags geboren:
das 1ste Jahr den 28. Febr. um 6 des Abends,
das 2te Jahr den 28. Febr. um 12 des Nachts oder am ersten März,
das 3te Jahr den ersten März um 6 Uhr des Morgens,
das 4te Jahr den 29sten Februar um 12 des Mittags.

Am 29. Februar abends um 6 geboren:
das 1ste Jahr den 28. Februar nachts um 12 oder am ersten März,
das 2te Jahr den 1. März um 6 des Morgens,
das 3te Jahr den 1. März um 12 mittags,
das 4te Jahr den 29. Februar um 6 des Abends.

Man sieht hieraus, dass man seine Geburtsstunde, wodurch der Geburtstag bestimmt wird, jedes Jahr um 6 Stunden später feiern muss, so lange bis das Schaltjahr die Sache wieder ins Gleichgewicht bringt. Nun noch ein paar Worte für das Jahr 1800, das kein Schaltjahr sein wird. Ein Kind, das z. B. den 29. Februar 1796 nachts um 11 Uhr geboren würde, muss nach dieser Regel im Jahr 1803 seine Geburtsstunde sogar den 2ten März abends um 5 Uhr feiern. Warum das Jahr 1800, auch das 1900, kein Schaltjahr sein wird, sondern erst das 2.000 wieder (vorausgesetzt, dass sonst alles beim alten bleibt), wollen wir im Kalender für das Jahr 1800 erklären. Man wird aber sehr viel besser tun, es bis dahin selbst zu lernen. Nun das Resultat ist kurz. Will man seinen Geburtstag oder vielmehr die Stunde nur jedesmal alsdann feiern, wenn Datum und Tageszeit zugleich eintreffen, so kann sie jeder Mensch überhaupt nur alle vier Jahre einmal richtig feiern. Der am 29sten Februar Geborne verfährt also sehr richtig, wenn er seinen Geburtstag bald den 28. Februar bald den ersten März feiert. Der Unwissende glaubt, er irre, da er doch nicht irrt. Der an einem andern Tage Geborne, der ihn nach dem Datum feiert, irrt oft wirklich, allein merkt es niemand. So kommt es also auch hier wie bei tausend andern Vorfällen des Lebens auf Lage und Umstände an. Nachdem diese günstig sind oder ungünstig, kann man bald mit allen seinen Irrtümern für weise und bald mit aller seiner Weisheit für ein gar irriges Schaf gehalten werden.

Vaters Geburtstag
Paula Dehmel

Schnell, schnell, Besen,
Feg die Stube rein;
Wenn Väterchen zum Kaffee kommt,
Muß alles sauber sein!
Wisch, wisch, Lappen,
Über Stuhl und Schrank;
Wenn Väterchen zum Kaffee kommt,
Sind sie blitzeblank!
Blüh, Blüh, Blume,
Blüh recht frisch;
Wenn Väterchen zum Kaffee kommt,
Stehst du auf dem Tisch!
Herz, Herzmuttchen,
Schnell das neue Kleid;
Bis Väterchen zum Kaffee kommt,
Ist nur noch wenig Zeit!
Tick, tick, Uhrchen,
Renn doch nicht so fix;
Wenn Väterchen zum Kaffee kommt,
Mach ich meinen Knix!
Fertig, alles fertig,
Der Kuchen ist auch da;
Der Kaffee kommt, der Vater kommt,
Mein Verschen kann ich ja:
»Heut ist Dein Geburtstag!«

Zu Mutters Geburtstag
Theodor Storm

Mit einem Rosenstrauß
Du und dein Sohn,
Sie sind beide schon alt;
Doch blühen noch Rosen,
Und das Herz ist nicht kalt.

Zum Geburtstag

Wilhelm Busch

Der Juni kam. Lind weht die Luft.
Geschoren ist der Rasen.
Ein wonnevoller Rosenduft
Dringt tief in alle Nasen.
Manch angenehmes Vögelein
Sitzt flötend auf den Bäumen,
Indes die Jungen, zart und klein,
Im warmen Neste träumen.
Flugs kommt denn auch dahergerennt,
Schon früh im Morgentaue,
Mit seinem alten Instrument
Der Musikant, der graue.
Im Juni, wie er das gewohnt,
Besucht er einen Garten,
Um der Signora, die da thront,
Mit Tönen aufzuwarten.
Er räuspert sich, er macht sich lang,
Er singt und streicht die Fiedel,
Er singt, was er schon öfter sang;
Du kennst das alte Liedel.
Und wenn du gut geschlafen hast
Und lächelst hold hernieder,
Dann kommt der Kerl, ich fürchte fast,
Zum nächsten Juni wieder.

Geschüttelt

Dada
Anonym

Der Nitter splackt.
Das Splatter nickt,
wenn splitternackt
die Natter splickt.

Geschüttelt
Erich Mühsam

Von deutschen Dichtern lies am meisten,
die, die soviel wie Mühsam leisten.

Der ist ein großer Schweinehund,
dem je der Sinn für Heine schwund.

Wer dichten will, der thäte gut,
Er macht es so, wie's Goethe thut.

Wird noch vom Dichterwert geschwätzt?
Oh nein! Jetzt wird das Schwert gewetzt.
Es wird sogar schon sehr gewetzt
und sich damit zur Wehr gesetzt.

Der Knabe stiehlt am Baume fleißig,
Schon hat er eine Pflaume bei sich.

Mit einem starken Schweden ringen,
Ist nicht so leicht wie Reden schwingen.

Ich bürste in dem Rosenhain
Den Rock mir und die Hosen rein.

Man soll sich nicht in Häuschen laben,
Wo die Bewohner Läuschen haben.

Nach Blut ist nicht mein Degen geil –
Ich huste drauf im Gegenteil.

Den Menschen vieles gibt das Leben.
Doch nicht ein jeder liebt das Geben.

Du baust ne Villa, Du Banause?
Na, bau se!

Eisenbahnroman
Anonym

Sie brauchten nirgends umzusteigen.
Drum gab sie sich ihm stumm zu eigen.
Doch weil verkehrt die Weichen lagen,
fuhr man sie heim im Leichenwagen.

Dem Onkel ist zum Sterben elend.
Da sieht man schon die Erben stehlend.

Möchtest Du übrigens mal mit schweren Ringen am Bein
zu Fuß marschieren nach Bingen am Rhein?

Und denkst Du Dir: Ich bin ein Zecher!
Dann steht gleich da aus Zinn ein Becher!

Hier sitzen wir selband
uns schmückend und salbend,
wobei ich vom Elbsand
Dir Grüße zur Alb send.

Ernährungsschüttelreim
Anonym

Bei Eiersatz und Maisgries
wird's Mann, Weib, Kind und Greis mies.

Es schaffe Dir ein sonnig Heim
und Süßigkeit wie Honigseim!

Zirkusgedicht
Anonym

Die Künstlerin beritten drang
begeistert in den dritten Rang,
womit sie auch den zweiten Rang
ihr Beifall zu bereiten zwang.

Glück

Das Glück

Richard Zoozmann

Es huscht das Glück von Tür zu Tür,
Klopft zaghaft an: – wer öffnet mir?
Der Frohe lärmt im frohen Kreis
Und hört nicht, wie es klopft so leis.
Der Trübe seufzt: Ich laß nicht ein,
Nur neue Trübsal wird es sein.

Der Reiche wähnt, es pocht die Not,
Der Kranke bangt, es sei der Tod.
Schon will das Glück enteilen sacht;
Denn nirgends wird ihm aufgemacht.
Der Dümmste öffnet just die Tür –
Da lacht das Glück: »Ich bleib bei dir!«

Das Ideal

Kurt Tucholsky

Ja, das möchste:
Eine Villa im Grünen mit großer Terrasse,
vorn die Ostsee, hinten die Friedrichstraße;
mit schöner Aussicht, ländlich-mondän,
vom Badezimmer ist die Zugspitze zu sehn –
aber abends zum Kino hast dus nicht weit.
Das Ganze schlicht, voller Bescheidenheit:
Neun Zimmer – nein, doch lieber zehn!
Ein Dachgarten, wo die Eichen drauf stehn,
Radio, Zentralheizung, Vakuum,
eine Dienerschaft, gut gezogen und stumm,
eine süße Frau voller Rasse und Verve –
(und eine fürs Wochenend, zur Reserve) –
eine Bibliothek und drumherum
Einsamkeit und Hummelgesumm.
Im Stall: Zwei Ponies, vier Vollbluthengste,
acht Autos, Motorrad – alles lenkste
natürlich selber – das wär ja gelacht!
Und zwischendurch gehst du auf Hochwildjagd.
Ja, und das hab ich ganz vergessen:
Prima Küche – erstes Essen –
alte Weine aus schönem Pokal –
und egalweg bleibst du dünn wie ein Aal.
Und Geld. Und an Schmuck eine richtige Portion.
Und noch ne Million und noch ne Million.
Und Reisen. Und fröhliche Lebensbuntheit.
Und famose Kinder. Und ewige Gesundheit.
Ja, das möchste!

Aber, wie das so ist hienieden:
manchmal scheints so, als sei es beschieden
nur pöapö, das irdische Glück.
Immer fehlt dir irgendein Stück.
Hast du Geld, dann hast du nicht Käten;
hast du die Frau, dann fehln dir Moneten –
hast du die Geisha, dann stört dich der Fächer:
bald fehlt uns der Wein, bald fehlt uns der Becher.
Etwas ist immer.

Tröste dich.
Jedes Glück hat einen kleinen Stich.
Wir möchten so viel: Haben. Sein. Und gelten.
Daß einer alles hat:
das ist selten.

Sozusagen grundlos vergnügt …

Mascha Kaléko

Ich freu mich, dass am Himmel Wolken ziehen
und dass es regnet, hagelt, friert und schneit.
Ich freu mich auch zur grünen Jahreszeit,
wenn Heckenrosen und Holunder blühen,
dass Amseln flöten und dass Immen summen,
dass Mücken stechen und dass Brummer brummen,
dass rote Luftballons ins Blaue steigen,
dass Spatzen schwatzen und dass Fische schweigen.

Ich freu mich, dass der Mond am Himmel steht
und dass die Sonne täglich neu aufgeht.
Dass Herbst dem Sommer folgt und Lenz dem Winter,
gefällt mir wohl. Da steckt ein Sinn dahinter,
wenn auch die Neunmalklugen ihn nicht sehn.
Man kann nicht alles mit dem Kopf verstehn!
Ich freue mich. Das ist des Lebens Sinn.
Ich freue mich vor allem, dass ich bin.

In mir ist alles aufgeräumt und heiter:
Die Diele blitzt. Das Feuer ist geschürt.
An solchem Tag erklettert man die Leiter,
die von der Erde in den Himmel führt.
Da kann der Mensch, wie es ihm vorgeschrieben,
- weil er sich selber liebt – den Nächsten lieben.
Ich freue mich, dass ich mich an das Schöne
und an das Wunder niemals ganz gewöhne.
Dass alles so erstaunlich bleibt und neu!
Ich freu mich, dass ich, … dass ich mich freu.

Jahreszeiten: Frühling

Keinen Tropus ihr zum Ruhme
spart des Malers Kompetenz,
preist sie seine treuste Blume
Sommer, Winter, Herbst und Lenz.

An den Frühling

Friedrich Schiller

Willkommen, schöner Jüngling!
Du Wonne der Natur!
Mit deinem Blumenkörbchen
Willkommen auf der Flur!

Ei! ei! da bist ja wieder!
Und bist so lieb und schön!
Und freun wir uns so herzlich,
Entgegen dir zu gehn.

Denkst auch noch an mein Mädchen?
Ei, Lieber, denke doch!
Dort liebte mich das Mädchen,
Und 's Mädchen liebt mich noch!

Fürs Mädchen manches Blümchen
Erbat ich mir von dir –
Ich komm' und bitte wieder,
Und du? – du gibst es mir?

Willkommen, schöner Jüngling!
Du Wonne der Natur!
Mit deinem Blumenkörbchen
Willkommen auf der Flur!

Der Frühling

Friedrich Hölderlin

Wenn auf Gefilden neues Entzücken keimt
Und sich die Ansicht wieder verschönt und sich
An Bergen, wo die Bäume grünen,
Hellere Lüfte, Gewölke zeigen,

O! welche Freude haben die Menschen! froh
Gehn an Gestaden Einsame, Ruh' und Lust
Und Wonne der Gesundheit blühet,
Freundliches Lachen ist auch nicht ferne.

Der Frühling

Friedrich Hölderlin

Es kommt der neue Tag aus fernen Höhn herunter,
Der Morgen der erwacht ist aus den Dämmerungen,
Er lacht die Menschheit an, geschmückt und munter,
Von Freuden ist die Menschheit sanft durchdrungen.

Ein neues Leben will der Zukunft sich enthüllen,
Mit Blüten scheint, dem Zeichen froher Tage,
Das große Tal, die Erde sich zu füllen,
Entfernt dagegen ist zur Frühlingszeit die Klage.

Der Frühling
Friedrich Hölderlin

Die Sonne kehrt zu neuen Freuden wieder,
Der Tag erscheint mit Strahlen, wie die Blüte,
Die Zierde der Natur erscheint sich dem Gemüte,
Als wie entstanden sind Gesang und Lieder.

Die neue Welt ist aus der Tale Grunde,
Und heiter ist des Frühlings Morgenstunde,
Aus Höhen glänzt der Tag, des Abends Leben
Ist der Betrachtung auch des innern Sinns gegeben.

Der Frühling
Mascha Kaléko

Mit duftenden Veilchen komm ich gezogen,
Auf holzbraunen Käfern komm ich gebrummt,
Mit singenden Schwalben komm ich geflogen,
Auf goldenen Bienen komm ich gesummt.
Jedermann fragt sich, wie das geschah:
Auf einmal bin ich da!

Der verliebte Maikäfer

Anonym

»Glühwürmchen, steck's Laternchen an!
Ich will ein Ständchen bringen,
zur roten Tulpe führ' mich hin,
da wohnt meine schöne Fliege drin,
die hört so gern mich singen!«

Maikäfer spricht's, der eitle Geck;
er knüpft nach Stutzerweise
sein braunes Röckchen zierlich auf,
zieht kraus die Flügel draus herauf,
und macht sich auf die Reise.

Auf gold'nem Stühlchen saß daheim
schön' Fliege gar app'titlich,
trank ihren Tau in guter Ruh,
aß etwas Blumenstaub dazu
und war so recht gemütlich.

Da leuchtet's durch die rote Wand,
sie war gar fein gewoben;
da summt es drauß,
da wankt und schwankt das Tulpenhaus,
Maikäferchen saß oben.

Schön' Fliege denkt: »Du alter Narr,
du kommst mir recht zu passe!«
Sie fliegt zum Dach und gießet schlau
einen ganzen großen Tropfen Tau
dem Käfer auf die Nase.

Kalt Wasser, von so zarter Hand
auf heißes Blut gegossen,
das kühlt ein wenig heftig ab,
Maikäfer stürzt im Nu herab,
als wär' er tot geschossen.

Doch kaum erholt er sich vom Schreck,
da spricht er ohn' Verdrießen:
»Das Zuckerkind! wie denkt sie mein!
Wollt' mich mit süßem Trank erfreu'n,
tät nur zu viel vergießen!«

Schön' Fliege macht die Äuglein zu
und meint: der kommt nicht wieder;
da summt es drauß, da brummt es drauß,
es wankt und schwankt das Tulpenhaus,
Maikäferchen kam wieder.

Schön' Fliege denkt: »Nun warte, Wicht!
Ich will im Takt dich rütteln!«
Sie fliegt vom Wand zu Wand herum,
daß sich die ganze Tulpenblum',
als wär ein Sturm, muß schütteln.

Wer hoch in Liebesträumen schwebt,
sieht nicht auf Steg und Wegen;
die Tulpenwände waren glatt,
und eh's der Käfer merken tat,
hat unten er gelegen.

Doch kaum erholt er sich vom Schreck,
vergessen war das Leiden:
»O je! wie bin ich doch beglückt,
mein Ständchen hat sie so entzückt,
daß hoch sie sprang vor Freuden!«

Schön' Fliege, bald im Schlummer schon,
sie denkt: der kommt nicht wieder;
da summt es drauß, da brummt es drauß,
es wankt und schwankt das Tulpenhaus,
Maikäferchen kam wieder.

»Jetzt hab' ich den Gesellen satt,
soll mir nicht wieder kommen;
ist nur die Sonne erst erwacht
und hat mein Häuschen aufgemacht,
dann soll's ihm schlecht bekommen!«

Und wie die liebe Sonne
durch die ersten Fügen blinket,
da stürmt im Fluge sie hervor,
schlägt mit den Flügeln ihm um's Ohr,
daß tief ins Gras er sinket.

Doch bald erholt er sich vom Schreck:
»Nun ist mein Glück vollkommen!
Sie wollt' mich küssen offenbar,
da mußte grad ich dummer Narr
ihr untern Flügel kommen!

Glühwürmchen! Glühwürmchen!
Glühwürmchen, lisch dein Lichtchen aus,
mußt nicht so viel vergeuden!
Wir brauchen's heute Abend doch,
da kommen wir viel früher noch!
Es macht ihr tausend Freuden!«

Es grünen die Bäume

Friederike Kempner

Es grünen die Bäume des Waldes,
Es kündigt der Frühling sich an,
Hinweg mit dem frostigen Winter,
Der Frühling ist ein sanfter Mann!
Die langen goldnen Strahlen,
Sie sind wie ein langes Haar!
Die Veilchen im tiefen Grase
Sind blau, wie ein Augenpaar!

Frühling

Heinrich Seidel

Was rauschet, was rieselt, was rinnet so schnell?
Was blitzt in der Sonne? Was schimmert so hell?
Und als ich so fragte, da murmelt der Bach:
»Der Frühling, der Frühling, der Frühling ist wach!«
Was knospet, was keimet, was duftet so lind?
Was grünet so fröhlich? Was flüstert im Wind?
Und als ich so fragte, da rauscht es im Hain:
»Der Frühling, der Frühling, der Frühling zieht ein!«
Was klingelt, was klaget, was flötet so klar?

Und als ich so fragte, die Nachtigall schlug:
»Der Frühling, der Frühling!« – da wusst' ich genug!

Ich bin im Mai idiotisch erotisch

Miriam Frances

Ich bin im Mai idiotisch erotisch,
da leg ich mich immer gleich hin.
Da wirkt alles Männliche auf mich hypnotisch,
wenn ich so erotisch bin.

Da sind meine Sinne total von Sinnen,
da bin ich am ganzen Leibe Weib.
Da bringt mich der Anblick von Linnen zum Spinnen,
o Trieb, du mein Zeitvertreib.

Um alle Hüften da schwingt sich ein Bändchen,
mein Herz übt den Überschlag.
Auf jede Rundung da legt sich ein Händchen
bei Nacht und am helllichten Tag.

Die alte Erde trägt junges Gemüse,
ein Früchtchen wird frühreif gepflückt.
Es wiederbelebt sich die Hirnanhangdrüse,
vom Zucken des Frühlings entzückt.

Mein Garten

Matthias Claudius

Jeden Morgen in meinem Garten
öffnen neue Blüten sich dem Tag.
Überall ein heimliches Erwarten,
das nun länger nicht mehr zögern mag.
Die Lenzgestalt der Natur ist doch wunderschön,
wenn der Dornbusch blüht und die Erde
mit Gras und Blumen prangert.

Jahreszeiten: Sommer

»Lass regnen, wenn es regnen will,
dem Wetter seinen Lauf;
denn wenn es nicht mehr regnen
will, so hört's von selber auf!«

— Johann Wolfgang von Goethe

Der Juni

Erich Kästner

Die Zeit geht mit der Zeit: Sie fliegt.
Kaum schrieb man sechs Gedichte,
ist schon ein halbes Jahr herum
und fühlt sich als Geschichte.

Die Kirschen werden reif und rot,
die süßen wie die sauern.
Auf zartes Laub fällt Staub, fällt Staub,
so sehr wir es bedauern.

Aus Gras wird Heu. Aus Obst Kompott.
Aus Herrlichkeit wird Nahrung.
Aus manchem, was das Herz erfuhr,
wird, bestenfalls, Erfahrung.

Es wird und war. Es war und wird.
Aus Kälbern werden Rinder
Und weil's zur Jahreszeit gehört,
aus Küssen kleine Kinder.

Die Vögel füttern ihre Brut
und singen nur noch selten.
So ist's bestellt in unsrer Welt,
der besten aller Welten.

Spät tritt der Abend in den Park,
mit Sternen auf der Weste.
Glühwürmchen ziehn mit Lampions
zu einem Gartenfeste.

Dort wird getrunken und gelacht.
In vorgerückter Stunde
tanzt dann der Abend mit der Nacht
die kurze Ehrenrunde.

Am letzten Tische streiten sich
ein Heide und ein Frommer,
ob's Wunder oder keine gibt.
Und nächstens wird es Sommer.

Die Sonnenuhr

Rainer Maria Rilke

Selten reicht ein Schauer feuchter Fäule aus dem Gartenschatten,
Wo einander Tropfen fallen hören
Und ein Wandervogel lautet,
Zu der Säule, die in Majoran und Koriander steht
Und Sommerstunden zeigt;
Nur sobald die Dame (der ein Diener nachfolgt)
In dem hellen Florentiner über ihren Rand sich neigt,
Wird sie schattig und verschweigt.
Oder wenn ein sommerlicher Regen aufkommt
Aus dem wogenden Bewegen hoher Kronen,
Hat sie eine Pause;
Denn sie weiß die Zeit nicht auszudrücken,
Die dann in den Frucht- und Blumenstücken
Plötzlich glüht im weißen Gartenhause.

Gärtner

Karel Capek

Deshalb wisset, dass die Existenz der Gärtner, die trotz dieser schlechten Erfahrungen mit dem Wetter jahraus, jahrein den Frühling begrüßen und einweihen, Zeugnis von dem nicht umzubringenden und wunderbaren Optimismus des Menschgeschlechtes gibt. Und deswegen kann auch das mieseste Wetter uns die Freude am Garten nur vorübergehend verleiden!

Gebet eines Gärtners

Anonym

Herrgott, richte es so ein,
daß es täglich von Mitternacht bis drei Uhr früh regne,
aber langsam und warm, weißt du, damit es einsickern kann;
doch soll es dabei nicht auf die Pechnelke, das Steinkraut, Sonnenröschen,
den Lavendel und andere Blumen regnen,
die dir in deiner unendlichen Weisheit als trockenliebende Pflanzen bekannt
sind – wenn du willst, schreibe ich es dir auf ein Blatt Papier auf;
ferner soll die Sonne den ganzen Tag über scheinen,
aber nicht überallhin (zum Beispiel nicht auf den Spierstrauch und Enzian,
noch auf Funkie und Rhododendron) und auch nicht zu stark;
dann möge es viel Tau und wenig Wind geben,
genug Regenwürmer, keine Blattläuse, Schnecken und keinen Mehltau,
und einmal in der Woche
verdünnte Jauche mit Taubenmist regnen.
Amen.

Guter Rat

Theodor Fontane

An einem Sommermorgen
Da nimm den Wanderstab,
Es fallen deine Sorgen
Wie Nebel von dir ab.

Des Himmels heitere Bläue
Lacht dir ins Herz hinein,
Und schließt, wie Gottes Treue,
Mit seinem Dach dich ein.

Rings Blüten nur und Triebe
Und Halme von Segen schwer,
Dir ist, als zöge die Liebe
Des Weges nebenher.

So heimisch alles klinget
Als wie im Vaterhaus,
Und über die Lerchen schwinget
Die Seele sich hinaus.

Heidelieder

Hoffmann von Fallersleben

Bothfeld 1849.

1.

Du Mädchen von der Heide
In Deinem dunklen Haar,
In Deinem blauen Kleide
So schön, so wunderbar!

Ich möcht' am Wege stehen
Als Glockenblümelein,
Dich fröhlich wandeln sehen
Im Thau und Sonnenschein!

Ich möcht' als Falter leben
In Wiese, Feld und Hag,
Ich möchte Dich umschweben
Den langen Sommertag!

Ich möcht' als Vogel fliegen
Um Dich wohin Du gehst;
Auf Zweig und Ast mich wiegen
Da wo Du stille stehst!

Du Mädchen von der Heide,
Du kannst wohl fröhlich sein,
Und ich in meinem Leide,
Ich wandle hier allein.

2.

Wie purpurschimmernd blühet
Das junge Heidekraut!
Schön wie die Wange glühet
Am Hochzeitstag der Braut.

Rings Oed' und tiefes Schweigen,
Kein Menschenlaut erschallt,
Und weiße Wolken steigen
Empor vom Föhrenwald.

Fern an des Waldes Saume
Da treibt der Hirtenknab',
Und ich hier unterm Baume
Seh' still die Heid' hinab.

Von Heideblumen wänd' ich
Ein frisches Kränzlein gern –
O fänd' ich Dich, o fänd' ich!
Du bist für mich zu fern.

3.

Und der Winter war vergangen,
Und der Sommer ging herum,
Und es zog mich heiß Verlangen
Nach der Heimath wiederum.

Doch es trieb kein Hirt zur Weide
Seine Herd' am Waldessaum,
Denn sie theilten sich die Heide,
Jeden Strauch und jeden Baum.

Ja, so haben sie's getrieben:
Alles wurde Wies' und Feld.
Eins war übrig mir geblieben,
Und das Schönste von der Welt.

Sei gegrüßt Du von der Heide,
Mädchen Du im dunklen Haar,
Du in Deinem blauen Kleide,
Mein für heut' und immerdar!

4.

So viel der Mai auch Blümlein beut
Zu Trost und Augenweide,
Ich weiß nur eins das mich erfreut:
Das Blümlein auf der Heide!

Ich seh' vergrünen und verblüh'n
Die Welt im Frühlingskleide,
Du aber bleibst mein Immergrün,
Du Blümlein auf der Heide!

Kein Winter kann, o Blümelein,
Dir je was thun zu Leide –
Ich schloß Dich in mein Herz hinein,
Du Blümlein auf der Heide!

Hochsommerlied

Richard Dehmel

Golden streift der Sommer meine Heimat,
brotwarm schwillt das hohe reife Korn,
wie in meiner goldnen Kinderzeit;
habe Dank, geliebte Erde!

Schwalben rufen mich hinauf ins Blaue,
weiße Wolken türmen Glanz auf Glanz,
wie in meiner blauen Jünglingszeit;
habe Dank, geliebte Sonne!

Im Sommer

Wilhelm Busch

In Sommerbäder
Reist jetzt ein jeder
Und lebt famos.
Der arme Dokter,
Zu Hause hockt er
Patientenlos.

Von Winterszenen,
Von schrecklich schönen,
Träumt sein Gemüt,
Wenn, dank der Götter,
Bei Hundewetter
Sein Weizen blüht.

In seinem Garten wandelt er allein

Theodor Storm

In seinem Garten wandelt er allein;
In alle Bäume gräbt er immer wieder
Gedankenschwer den einz'gen Namen ein,
Und in dem Namen klagen seine Lieder.

Sanft blaut der Himmel, milde Rosen webt
Die Sommerzeit durch mächt'ge Blättermassen.
Er schaut sie nicht; die Zeit, in der er lebt,
Ist alt, verblüht, von allen längst verlassen.

Sommer
Heinrich Heine

Unser Sommer ist nur ein grün angestrichener Winter …
Das einzige Obst, das wir haben, sind goldene Äpfel …

Am leuchtenden Sommermorgen
geh ich im Garten herum.
Es flüstern und sprehen die Blumen,
Ich aber, ich wandle stumm.
Es flüstern und sprechen die Blumen,
Und schaun mich mitleidig an:
Sei unserer Schwester nicht böse,
Du trauriger, blasser Mann.

Sommer
Johann Wolfgang von Goethe

Der Sommer folgt. Es wachsen Tag und Hitze,
und von den Auen dränget uns die Glut;
doch dort am Wasserfall, am Felsensitze
erquickt ein Trunk, erfrischt ein Wort das Blut.
Der Donner rollt, schon kreuzen sich die Blitze,
die Höhle wölbt sich auf zur sichern Hut,
dem Tosen nach kracht schnell ein knatternd Schmettern;
doch Liebe lächelt unter Sturm und Wettern.

Sommer

Rainer Maria Rilke

Sommer: für etliche Tage
Begleiter der Rosen zu sein;
was um erblühende Seelen
weht, das atmen wir ein.
Sehen in jeder, die stirbt,
eine Vertraute,
entschwundene Schwester, die wir
unter anderen Rosen überdauern.

Sommermittag

Theodor Storm

Nun ist es still um Hof und Scheuer,
Und in der Mühle ruht der Stein;
Der Birnenbaum mit blanken Blättern
Steht regungslos im Sonnenschein.

Die Bienen summen so verschlafen;
Und in der offnen Bodenluk',
Benebelt von dem Duft des Heues,
Im grauen Röcklein nickt der Puk.[1]

Der Müller schnarcht und das Gesinde,
Und nur die Tochter wacht im Haus;
Die lachet still und zieht sich heimlich
Fürsichtig die Pantoffeln aus.

Sie geht und weckt den Müllerburschen,
Der kaum den schweren Augen traut:
»Nun küsse mich, verliebter Junge;
Doch sauber, sauber! nicht zu laut.«

---

1) Der Puk ist eine zwergwüchsige nordische Sagengestalt unbestimmten Geschlechts, die mit den Menschen zusammen lebt. Er gehört in die Gruppe der Elfen aus der germanischen Mythologie.

Jahreszeiten: Herbst

Das Gefühl

Gustav Theodor Fechner

Was ist doch ein Gefühl?
Ich kann's nicht von mir geben;
Es ist ein reg' Gewühl,
Ein wunderbares Leben.
Wo nichts sich scheiden will,
Wo nichts kann los sich ringen,
Wo nichts sich meiden will,
Keins kann das andre zwingen.
Als Lied will es heraus,
Kein Lied doch kann es singen;
Die Arme breit' ich aus,
Und kann's doch nicht umringen.
Ein Rauschen ist's im Hain,
Drin tausend Blätter beben,
Ein Blühn auf Wies' und Rain,
Dran tausend Blumen weben.
Ich horche auf ein Blatt,
Ich pflücke eine Blüte;
Und fortgerauschet hat
Es immer im Gemüte.

Die junge Pflanze
Gustav Theodor Fechner

I.

Das Samenkorn im Boden lag,
Von edeln Säften schwellend
Und aufwärts nach dem heitern Tag
In raschen Trieben quellend.
Der vollen Jugend erste Kraft,
Vom jungen Lenz verliehen,
Ein gärend Leben in dem Saft
Läßt es den Boden fliehen.
O wüßtest du, welch farbig Kleid
Vom Lichte wird gewoben,
Wie groß der Liebe Seligkeit,
Die deiner wartet droben,
Und kenntest du den Hauch so lind,
Der jenseits süß dich schaukelt,
Von Blumenkind zu Blumenkind
Die Düfte tragend gaukelt;
Und wüßtest du, wie du im Tau
Des Morgens schön wirst prangen,
Wie süß am Abend, mild und lau,
Der Schlaf dich wird befangen;
Wie tausend Schwestern dort mit dir
Des Lichtes Wonne teilen:
Ja wüßtest du's, du würdest schier
Noch rascher aufwärts eilen.
Noch weißt du's nicht, doch Ahnung spricht
Zu dir, du zarte Pflanze;
Folg' ihr, brich durch die dünne Schicht
Und bade dich im Glanze.

2.

Der Frühling ging, der Sommer kam,
Hin trat ich zu der Wiese,
Wo ich vom Keime Abschied nahm,
Daß ich die Blume grüße;
Und dachte, daß sie strahlend nun
Im bunten Kleide schwelle,
Um farbensatt bald auszuruhn; –
Ein Stein lag an der Stelle.
Nichts fühlend, starr, dem Lichte gram,
Drückt er das Pflänzchen nieder;
Als ich ihn von der Stelle nahm,
Da kannt' ich kaum es wieder.
Von kalter Grabesluft gebleicht,
Von Sehnsucht hingeschwunden
Hat's um den Stein, der nimmer weicht
Wie flehend sich gewunden;
Trinkt selig jetzt vom Sonnenlicht,
Will ihm entgegenstreben;
Der Armen, ach, die Kraft gebricht,
Im Licht erlischt ihr Leben.

November

Heinrich Seidel

Solchen Monat muß man loben:
Keiner kann wie dieser toben,
Keiner so verdrießlich sein
Und so ohne Sonnenschein!
Keiner so in Wolken maulen,
Keiner so mit Sturmwind graulen!
Und wie naß er alles macht!
Ja, es ist die wahre Pracht.
Seht das schöne Schlackerwetter!
Und die armen welken Blätter,
Wie sie tanzen in dem Wind
Und so ganz verloren sind!
Wie der Sturm sie jagt und zwirbelt
Und sie durcheinander wirbelt
Und sie hetzt ohn' Unterlaß:
Ja, das ist Novemberspaß!
Und die Scheiben, wie sie rinnen!
Und die Wolken, wie sie spinnen
Ihren feuchten Himmelstau
Ur und ewig, trüb und grau!
Auf dem Dach die Regentropfen:
Wie sie pochen, wie sie klopfen!
Und an jeder Traufe hängt
Trän' an Träne dicht gedrängt.
O, wie ist der Mann zu loben,
Der solch unvernünft'ges Toben
Schon im voraus hat bedacht
Und die Häuser hohl gemacht!
So daß wir im Trocknen hausen
Und mit stillvergnügtem Grausen
Und in wohlgeborgner Ruh
Solchem Greuel schauen zu!

Jahreszeiten: Winter

An einem Wintermorgen vor Sonnenaufgang

Eduard Mörike

O flaumenleichte Zeit der dunkeln Frühe!
Welch neue Welt bewegest du in mir?
Was ist's, dass ich auf einmal nun in dir
Von sanfter Wollust meines Daseins glühe?

Einem Kristall gleicht meine Seele nun,
Den noch kein falscher Strahl des Lichts getroffen;
Zu fluten scheint mein Geist, er scheint zu ruhn,
Dem Eindruck naher Wunderkräfte offen,
Die aus dem klaren Gürtel blauer Luft
Zuletzt ein Zauberwort vor meine Sinne ruft.

Bei hellen Augen glaub ich doch zu schwanken;
Ich schließe sie, dass nicht der Traum entweiche.
Seh ich hinab in lichte Feenreiche?
Wer hat den bunten Schwarm von Bildern und Gedanken
Zur Pforte meines Herzens hergeladen,
Die glänzend sich in diesem Busen baden,
Goldfarbgen Fischlein gleich im Gartenteiche?

Ich höre bald der Hirtenflöten Klänge,
Wie um die Krippe jener Wundernacht,
Bald weinbekränzter Jugend Lustgesänge;
Wer hat das friedenselige Gedränge
In meine traurigen Wände hergebracht?

Und welch Gefühl entzückter Stärke,
In dem mein Sinn sich frisch zur Ferne lenkt!
Vom ersten Mark des heutgen Tags getränkt,
Fühl ich mir Mut zu jedem frommen Werke.
Die Seele fliegt, soweit der Himmel reicht,
Der Genius jauchzt in mir! Doch sage,
Warum wird jetzt der Blick von Wehmut feucht?
Ist's ein verloren Glück, was mich erweicht?
Ist es ein werdendes, was ich im Herzen trage?
– Hinweg, mein Geist! hier gilt kein Stillestehn:
Es ist ein Augenblick, und alles wird verwehn!

Dort, sieh! am Horizont lüpft sich der Vorhang schon!
Es träumt der Tag, nun sei die Nacht entflohn;
Die Purpurlippe, die geschlossen lag,
Haucht, halbgeöffnet, süße Atemzüge:
Auf einmal blitzt das Aug, und, wie ein Gott, der Tag
Beginnt im Sprung die königlichen Flüge!

Ein Wintermorgen

Alexander Puschkin

Der Frost erblitzt im Sonnenscheine …
Du schlummerst noch, du süße Kleine?
Schäm dich: längst Zeit ist's aufzustehn!
Erschließe deine Augenlider:
Der Morgenröte mußt du wieder
Als Stern des Nords entgegengehn!
Am Abend – welches Schneegetümmel!
Wild jagte das Gewölk am Himmel,
Umnebelt hing des Mondes Schild,
Ein gelber Fleck, so fahl und schaurig;
Du saßest da so trüb und traurig –
Doch heute … sieh, welch Zauberbild!
So weit des Himmels Blau sich strecket,
Hat Schnee das Land ringsum bedecket,
Ein Riesenteppich silberweiß;
Der Wald nur starrt in finstrem Banne;
Grün schimmert durchs Gereif die Tanne,
Blau flimmert auf dem Bach das Eis.
Das Zimmer strahlt im Bernsteinglanze,
Froh knistert zu dem Funkentanze
Im Ofen flammend Scheit an Scheit.
Wohl träumt sich's schön im warmen Stübchen! …
Doch in den Schlitten laß uns, Liebchen,
Die Stute spannen! Es ist Zeit!
Wir wollen durch den Spurschnee jagen!
Mag uns von dann' das Rößlein tragen
Nach seinem haltlos kecken Sinn!
Wir fliegen durch die öden Felder,
Durch die noch jüngst so dichten Wälder
Und an dem lieben Ufer hin!

(Übersetzt von F. Fiedler)

Morgensonne im Winter

Christian Morgenstern

Auf den eisbedeckten Scheiben
fängt im Morgensonnenlichte
Blum und Scholle an zu treiben …

Löst in diamantnen Tränen
ihren Frost und ihre Dichte,
rinnt herab in Perlensträhnen …

Herz, o Herz, nach langem Wähnen
laß auch deines Glücks Geschichte
diamantne Tränen schreiben!

Winter

Walther von der Vogelweide

Uns hat der Winter sehr geschadet überall,
Die Heide und der Wald sind stumm und fahl,
Wo sonst ertönte vieler süßer Stimmen Hall.
Sah ich nur erst die Mädchen auf der Straße mit dem Ball,
So käm zu uns zurück der Vögel Schall.
Wie gern verschließe ich des langen Winters Zeit!
Bleib ich indessen wach, so wird mir leid,
dass seine Herrschaft ist so groß und weit.
Doch Gott weiß, er muss weichen, wenn's erst mait,
pflück ich Blumen, wo's jetzt friert und schneit.

Winterabend

Max Eyth

Schon wirbeln die Flocken. Es dämmert bald,
Schon ruhen Waffen und Wehre.
Der Jäger kommt heim aus Gebirg und Wald,
Der Schiffer vom brausenden Meere.

Froh zog ich als Wanderbursch einst hinaus;
Wie lachte die sonnige Erde!
Nun sitz' ich wieder im alten Haus,
Am still verglimmenden Herde.

Halb träumend denk' ich des bunten Seins
Mit seinem Ringen und Regen.
Und Traum und Leben fließen in eins,
Der ewigen Wahrheit entgegen.

Froh leg' ich mich nieder.
Was wünschte ich mir
Noch weiter vom scheidenden Leben?
So wollt' ich's! Ich danke, Allgütiger, dir,
Daß du es so mir gegeben.

Kinder

Das kluge Kind

»Kannst du einen Stern
anrühren?« fragt man es.

»Ja«, sagt es, neigt sich und berührt die Erde.

— Hugo von Hoffmannsthal

»In der Jugend studiert man
Erwachsene, um klug zu werden.

Im späteren Leben studiert man
Kinder, um glücklich zu werden.«

— Peter Rosegger

Hausmärchen abrupt

Günter Verdin

Rotkäppchen ging Großmutter besuchen.
Im Körbchen Leckerbissen.
Großmutter lag im Bett.

Großmutter, warum hat du so große Augen?
Damit ich auf dich schauen kann, Kind.
Großmutter, warum hast du so große Ohren?
Damit du mir gehorchst, Kind.
Großmutter, warum hast du so ein großes Maul?

Da sprang Großmutter aus dem Bett,
gab Rotkäppchen eine Ohrfreige
und zürnte:
Wie sprichst du eigentlich mit deiner Großmutter?

Kinder

Heinz Erhardt

Kinder haben es so leicht,
haben keine Sorgen,
denken nur, was mach ich jetzt,
nicht, was mach ich morgen …?

Kinder haben es so schwer,
dürfen niemals mäkeln
und sich wie der Herr Papa
auf dem Sofa räkeln …

Kinder haben es so leicht,
dürfen immer spielen,
essen, wenn sie hungrig sind,
weinen, wenn sie fielen …

Kinder haben es so schwer,
müssen so viel lernen und,
wenn was im Fernsehn kommt,
sich sofort entfernen …

Kinder haben es so leicht,
naschen aus der Tüte,
glauben an den lieben Gott
und an dessen Güte …

Kinder haben es so schwer,
müssen Händchen geben –
und auf dieser blöden Welt
noch so lange leben …

Kindschaft

Karl May

Ich war ein Kind; als hilflos ich gelegen
im Arm der Liebe, die mich einst gebar,
und diese Kindheit wurde mir zum Segen,
als außer ihr mir nichts zum Segen war.

Ich blieb ein Kind und ruhte wohlgebettet
im Gottvertrauen meiner Kindlichkeit.
Sie hat mich tausend-, tausendmal gerettet
und zeigte mir den Weg zur Seligkeit.

Ich bin ein Kind noch heut, in Greisesjahren,
dein Kind, mein Gott, und strebe zu dir hin.
O wolle diese Kindschaft mir bewahren,
bis ich bei dir in deinem Himmel bin!

Max und Moritz 2006

Günter Verdin / Nach Wilhelm Busch

Ach, was muss man oft von bösen
Kindern hören oder lesen.
Wie zum Beispiel hier von diesen,
Welche Max und Moritz hießen.
Ja, zur Übeltätigkeit
Sind die beiden stets bereit!
Doch ist Gutes tun heut schwer,
Sind's die Streiche umso mehr!

In seinem Bett liegt Onkel Fritze
Mit der spitzen Zippelmütze
Der Onkel schnarchet tief und brav,
Kein Maikäfer raubt ihm heut den Schlaf.
Auch Max und Moritz haben in Stunden
Kein solches Krabbeltier gefunden.
Aus diesem Grund, dem lächerlichen,
Wird der erste Streich gestrichen.

Den Schneider Böck gilt's nun zu necken,
Der einmal dürr war wie ein Stecken.
Heut' ist Herr Böck, man ahnt es schon,
Ganz dick – drin in der Konfektion.
Auch Knaben, die an Stegen sägen,
Sind harmlos, keineswegs verwegen.
Es stürzen – ohne Bubentücken! –
Ein auch nicht angesägte Brücken!
Deswegen wird, es sei geklagt,
Der zweite Streich auch abgesagt!

Also lautet der Beschluss,
Dass der Mensch was lernen muss.
So ein Schüler hat's nicht leicht,
Bis er's Abitur erreicht.
Doch ein Lehrer hat's viel schwerer,
Ist er nur ein Teilzeitlehrer.

Max und Moritz, unsre beiden,
Seh'n Herrn Lehrer Lämpel leiden.
Der dritte Streich wird nicht gebraucht,
Zumal Herr Lämpel nicht mehr raucht!

Beim Besuch der Witwe Bolte,
Der man Hähnchen klauen wollte,
Werden Max und Moritz wild,
Denn sie finden nur ein Schild:
Heute bleibt die Küche kalt,
Ihr findet mich im –
Und so geht's in allen Dingen!
Ach, kein Streich will mehr gelingen.
Was sie Übles tun auch immer,
Die Erwachsnen sind weit schlimmer.
Max und Moritz, wehe euch!
Denn nun folgt der Zapfen-Streich!

Weil kein Spielzeug da zum Tollen
Zieh'n sie Schuh' sich an mit Rollen.
Weil's anderswo nicht zugelassen,
Roll'n sie fröhlich auf den Straßen.
Da jagt ein Auto in die Quere
Und zieht sie jäh aus dem Verkehre.
Da liegen sie die beiden Sünder!
Am Auto klebt: Ein Herz für Kinder!

Wann klingelt Dornröschen?
oder
Der Wecker müsste mal hochkommen

Mathias Richling

Es waren einmal hundert Jahre um
und die Uhren noch nicht erfunden.
Dafür hatte man's im Gefühl.
Die Rosen blühten, als hätten sie immer geblüht,
das Fett brutzelte in der Pfanne,
als hätte es dort immer schon Blasen geschlagen,
und die Irdischen lebten vor sich hin,
als würden sie noch immer leben
und immer weiter.
Wie alles auf die Ewigkeit hin angelegt ist,
was morgen meist bereits zu Ende geht.

So schlief auch ein Röschen namens Dorn vor sich hin, als hätte sie hundert Jahre zum Leben noch übrig. Und jedes Mal, wenn sie die Lider hob, um in den Morgen oder den Abend zu singen, blickte sie auf ihre innere Uhr und sagte: »Ach, ich hab' ja noch was.« Dann schlief sie weiter, weil sie sich einfach bestimmt fühlte, eine bestimmte Zeit zu schlafen. Wie andere ins Bett gehen und zehn Stunden nicken wollen und nach neun aufwachen und sich todmüde fühlen, weil sie ihr Soll nicht erfüllt haben, so fühlte sich auch Rose Dorn einfach unausgeschlafen, bevor sie nicht mindestens hundert Jahre geruht.

Als sie nun ihre hundert Jahre vor sich hingetrielt hatte, rieb sie sich die Augen, denn sie wusste wohl, was nun kommen sollte. Jedoch: solange sie auch rieb, kam gerade nicht, was sie wusste. Und sie rieb und rieb. Und es kam immer noch nichts, und er auch nicht. Worauf Rose im Schlaf rief: »Ihr Scheißprinzen, wenn mich nicht bald einer weckt, verschlaf' ich halt.« Wie etwa: »Wenn der Wecker nicht klingelt, brauch' ich auch nicht aufzustehen.«

Damals war die Uhr im Menschen geboren,
die aufziehbare, die außermenschliche Uhr,
die technische.
Denn Technik zeichnet sich nicht dadurch aus,
dass sie alles kann,
sondern dass wir nichts mehr wollen.

Des Menschen Verlässlichkeit
und sein Verlassen ist so groß,
wie sein Verlassen auf die Technik
und die Verlässlichkeit dieser.

Und so hatte ihr Schlaf doch eine späte Moral.

*(Aus »Manch' Nimmermär«, Spectrum-Verlag.
www.mathias-richling.de)*

Liebe

365 gute Gründe, warum ich Dich liebe

Anonym

1. … weil Du mein Selbstvertrauen stärkst
2. … weil Du stolz auf mich bist
3. … weil mein Leben mit Dir fröhlicher ist
4. … weil mein Leben mit Dir aufregend ist
5. … weil ich mit Dir mehr Spaß am Sex habe
6. … weil Du einzigartig bist
7. … weil unsere Beziehung meinem Leben wieder einen tieferen Sinn verleiht
8. … weil ich durch Dich jung bleibe
9. … weil Du mir Energie gibst
10. … weil Du immer die Spülmaschine ausräumst
11. … weil Du die Kaffeemaschine sauber machst
12. … weil Du manchmal Kaffee für mich brühst
13. … weil Du den besten Tee zubereitest
14. … weil ich durch Dich ausgeglichener bin
15. … weil Du mir Ruhe und Kraft gibst
16. … weil Du Kinder liebst
17. … weil Du Tiere magst
18. … weil ich durch Dich nicht mehr einsam bin
19. … weil Du mir meine Ängste nimmst
20. … weil Du immer einen Ausweg siehst
21. … weil ich jede Nacht von Dir träume
22. … weil Deine Nähe für mich etwas Besonderes ist
23. … weil ich immer hoffe, dass Du es bist, wenn das Telefon klingelt
24. … weil Du so verrückte Ideen hast
25. … weil ich ohne Dich nicht atmen kann
26. … weil ich mich ohne Dich verloren fühle
27. … weil ohne Dich mein Leben keinen Sinn hat
28. … weil an Deiner Seite auch der Regen schön ist
29. … weil ich durch Dich die Schmetterlinge lachen höre
30. … weil Du das Lachen in meinem Herzen bist
31. … weil es mich schmerzt, wenn es Dir nicht gut geht
32. … weil Dich keiner mehr braucht als ich
33. … weil Dich keiner mehr vermisst als ich
34. … weil ich an Dich denke, solange mein Herz schlägt
35. … weil wir gemeinsam stark sind
36. … weil Du mein Herz zum Rasen bringst

37. … weil Du mir immer so süße Sachen ins Ohr flüsterst
38. … weil Du so gut Auto fährst
39. … weil mit Dir Treu-sein Spaß macht
40. … weil Du mich immer sicher nach Hause gebracht hast
41. … weil Du mich nie maßregelst
42. … weil wir uns so gut ergänzen
43. … weil Du Charakter hast
44. … weil Dich nichts umhaut
45. … weil Du zu Deinem Wort stehst
46. … weil Du immer für Abwechslung in unserer Beziehung sorgst
47. … weil Du so richtig laut schnarchen kannst
48. … weil Du leckeren Salat machst
49. … weil Du so neugierig bist
50. … weil Du Dich so schön auf den Arm nehmen lässt
51. … weil Du so eifersüchtig bist wie ich
52. … weil Du mir immer alles abnehmen willst
53. … weil Du mich selbst atmen lässt
54. … weil Du immer meinen Lieblingswein kaufst
55. … weil Du gerne Bücher liest
56. … weil wir gerne dieselben Sendungen hören und sehen
57. … weil Du Wert auf schöne Wäsche legst
58. … weil Du keine weißen Socken trägst
59. … weil Du keine Witze erzählst
60. … weil Du jede Menge Humor hast
61. … weil Du fair bist
62. … weil Du nicht rauchst
63. … weil Du kontaktfreudig bist
64. … weil Du nicht hohl bist
65. … weil Du Freundschaften pflegst
66. … weil Du manchmal schüchtern bist
67. … weil Du manchmal rot wirst
68. … weil Du mir nie das Blaue vom Himmel erzählst
69. … weil Du nicht gleich eingeschnappt bist
70. … weil Du kaum graue Haare hast
71. … weil Du eitel bist
72. … weil Du schrecklich penibel bist
73. … weil Du nicht immer pflegeleicht bist
74. … weil ich noch viel von Dir lernen kann
75. … weil ich vieles von Dir angenommen habe
76. … weil Du meinen Teller leer isst, wenn ich nicht mehr kann
77. … weil Du mir den Fisch immer alleine gönnst

78. ... weil Du stets Schokolade für Großfamilien kaufst
79. ... weil ich mit Dir dick werden will
80. ... weil Du mich so schön massieren kannst
81. ... weil Du der einzige bist, der mich lebenslänglich ertragen kann
82. ... weil Du so dickköpfig bist
83. ... weil Du bei mir bleibst, obwohl ich nicht immer leicht zu ertragen bin
84. ... weil ich meine Sorgen mit Dir teilen kann
85. ... weil Du schon so viel mit mir durchgestanden hast
86. ... weil Du offen für Neues bist
87. ... weil Du einfach zu meinem Leben gehörst
88. ... weil ich vergehe vor Glück, wenn Du mich einfach nur ganz fest drückst
89. ... weil Du Dich um mich kümmerst, wenn ich krank bin
90. ... weil Du mir romantische SMS schreibst
91. ... weil Du manchmal so lieb gemein bist
92. ... weil wir oft das Gleiche denken
93. ... weil es wunderschön ist, mit Dir einen langen Sonntagvormittag im Bett zu sein
94. ... weil es in mir kribbelt, wenn Dein Daumen beim Spazierengehen ganz leicht meine Hand streichelt
95. ... weil Du durch dick und dünn mit mir gehst
96. ... weil ich Sachen für Dich mache, die ich für sonst niemanden mache
97. ... weil ich Dich einfach anhimmeln muss
98. ... weil Du mein Ruhepol bist
99. ... weil Du mich rausholst, wenn ich mal wieder in einem Loch bin
100. ... weil Du Hausarbeit nicht für Frauensache (Männersache) hältst
101. ... weil Du mich beeindruckst
102. ... weil Du mir Mut machst, mutig zu sein
103. ... weil Du mit mir durch die Hölle gehen würdest
104. ... weil Du mich niemals hängen lassen würdest
105. ... weil Du für mich gelernt hast, lange zu telefonieren
106. ... weil Du mich abends fragst, wie mein Tag war
107. ... weil Du für mich auf Vieles verzichten würdest
108. ... weil Du Dir immer so viel Sorgen um mich machst
109. ... weil Du mich motivieren kannst
110. ... weil wir so schön miteinander träumen können
111. ... weil Du mich mittlerweile oft besser kennst, als ich mich selber
112. ... weil Du mich mit deiner Liebe reich beschenkst
113. ... weil ich Dich nie vergessen könnte
114. ... weil Du »Ja« zu unserer Beziehung sagst
115. ... weil Du mir eine Perle aus der Tiefe des Meeres holen würdest

116. … weil Du mich immer hinterm Ohr küsst, wo ich es gar nicht mag
117. … weil mein Verlangen nach Dir nicht kleiner wird
118. … weil Du mit mir bis ans Ende der Welt gehen würdest
119. … weil ich mich immer wieder neu in Dich verliebe
120. … weil ich Deine Stimme so gern höre
121. … weil wir zusammen gehören
122. … weil uns nichts trennen kann
123. … weil Du so süß bist, wenn Du schläfst
124. … weil Du so mutig warst, mich nach meiner Telefonnummer zu fragen
125. … weil Du nur das Beste für uns willst
126. … weil wir einen Streit schnell enden lassen
127. … weil Du mir nichts verübelst
128. … weil Du mich manchmal so wahnsinnig auf die Palme bringen kannst
129. … weil Du mein liebster Stern bist
130. … weil Du sowohl in Jeans als auch im Kostüm (Anzug) toll aussiehst,
131. … weil ich mit Dir auf Wolke 7 schwebe
132. … weil Du den Schlaf aus meinen Augen küsst
133. … weil mit Dir aufwachen so schön ist
134. … weil wir gerne gemeinsam einkaufen gehen
135. … weil durch Dich die Sonne viel heller scheint
136. … weil wir beide für gutes Essen schwärmen
137. … weil Deine Zahnbürste so schnell ausfranst
138. … weil Deine Küsse sogar noch durchs Telefon elektrisieren
139. … weil Du mit mir nach Venedig fahren willst
140. … weil Du gerne Reisen unternimmst, aber auch gerne zu Hause bist
141. … weil ich mich jeden Tag freue, dass es Dich gibt
142. … weil Philemon und Baucis unser gemeinsames Ideal darstellen
143. … weil Deine Familie für Dich so wichtig ist
144. … weil wir auch mal unterschiedliche Meinungen haben
145. … weil Dein Lächeln mir das Herz aufgehen lässt
146. … weil Du das Besondere bist, auf das ich mein Leben lang gewartet habe
147. … weil Du die Erfüllung meiner Träume bist
148. … weil ich mich nirgends sicherer fühle als bei Dir
149. … weil Du ein sportlicher, schnittiger, rasanter – Fußgänger bist
150. … weil Du für mich der Anfang vom Happy-End bist
151. … weil Du manchmal gern unordentlicher wärst
152. … weil Du Dir jeden Tag vornimmst, früh aufzustehen, um Brötchen zu holen
153. … weil Du Dir den Wecker stellst, damit ich nicht verschlafe
154. … weil Du immer die schweren Wassereimer aus dem Keller schleppst
155. … weil Du immer mein Auto wäschst

156. … weil wir denselben Musikgeschmack haben
157. … weil Du keine Scheuklappen hast
158. … weil ich Dich gerne knuddel
159. … weil Du umzugstauglich bist
160. … weil Du manchmal zornig bist
161. … weil Dein Ärger schnell verraucht
162. … weil Du so zärtlich bist
163. … weil Du so aufmerksam bist
164. … weil Du einfühlsam bist
165. … weil Du fürsorglich bist
166. … weil Du mir vertraust
167. … weil Du mir jeden Wunsch von den Augen abliest
168. … weil Du ein(e) aufregende(r) Frau (Mann) bist
169. … weil Du Ausstrahlung hast
170. … weil Du intelligent bist
171. … weil Du selbstbewusst bist
172. … weil Du zuhören kannst
173. … weil Du mich verstehst
174. … weil Du viel zu erzählen weißt
175. … weil Du mir Geborgenheit gibst
176. … weil wir streiten können
177. … weil wir uns versöhnen können
178. … weil Du keine Scheu hast, den ersten Schritt zu machen
179. … weil Du mir treu bist
180. … weil Du zuverlässig bist
181. … weil Du mich immer wieder überraschst
182. … weil Du für mich da bist
183. … weil Du siehst, wie ich mich fühle
184. … weil Du mir hilfst
185. … weil Du mich umsorgst
186. … weil Du Dich mir hingibst
187. … weil ich mich Dir hingeben kann
188. … weil ich mit Dir über alles reden kann
189. … weil Du spannend bist
190. … weil Du immer an mich denkst
191. … weil Du der Mittelpunkt meines Lebens bist
192. … weil Du den großen Helden nicht spielst: Du bist einer
193. … weil Du mich begehrst
194. … weil Du Liebe geben kannst
195. … weil Du mein erster Gedanke am Morgen bist
196. … weil Du mein letzter Gedanke am Abend bist

197. … weil Du mein Herz berührt hast
198. … weil Du charmant bist
199. … weil Du so viele Pläne hast
200. … weil Du ein Organisationstalent bist
201. … weil Du aufrichtig bist
202. … weil Du Geschmack hast
203. … weil Du gepflegt bist
204. … weil Du mir manchmal ein Liebesgedicht schreibst
205. … weil Du fröhliche Augen hast
206. … weil Du energisch bist
207. … weil Du zärtliche Lippen hast
208. … weil Du behutsame Hände hast
209. … weil Du meine Fehler nicht mit Deinen aufrechnest
210. … weil Du sinnlich bist
211. … weil Du mich immer wieder verführst
212. … weil Du nicht versuchst, mich nach Deinem Ebenbild zu formen
213. … weil Du ausgelassen lachen kannst
214. … weil Du Dich nicht schämst manchmal zu weinen
215. … weil Du Gefühle zeigst
216. … weil Du Dein Leben mit mir teilst
217. … weil Du mir zeigst, wie schön die Liebe ist
218. … weil Du Träume hast
219. … weil Du Wünsche hast
220. … weil Deine zärtlichen Blicke mir immer noch weiche Knie verschaffen
221. … weil Du viel Fantasie hast
222. … weil Du mich einfach in den Arm nimmst, wenn es mir nicht gut geht
223. … weil Du Dich trösten lässt, wenn du traurig bist
224. … weil Du auf dem Klo nicht die Zeitung liest
225. … weil Du im Badezimmer fast so wenig Zeit brauchst wie ich
226. … weil Du mich niemals schlagen würdest
227. … weil Du so geduldig mit mir bist
228. … weil Du schweigen kannst
229. … weil wir so verschieden und doch so gleich sind
230. … weil Du alle Jahreszeiten liebst
231. … weil Du jedes Gramm an mir magst
232. … weil Du mich auf Händen trägst
233. … weil Du jedes Wetter liebst (auch mein Donnerwetter)
234. … weil Du für mich die Sterne vom Himmel holst
235. … weil Du gerne Geschenke machst
236. … weil Du nie brüllst
237. … weil Du gelassen in jeder Situation bist

238. … weil Du keine selbstverliebten Menschen magst
239. … weil Du für mich der beste Liebhaber der Welt bist
240. … weil Du genau so ungern kochst wie ich
241. … weil Du selten schlechte Laune hast
242. … weil Du mich Deinen Rosen vorgestellt hast
243. … weil Du gerne Kriminalromane schmökerst
244. … weil Du mich mehr als alles andere liebst
245. … weil Du mir die schönsten Komplimente machst
246. … weil Du nur notlügst
247. … weil Du darauf achtest, dass die Sekretärin im Büro nicht hübscher ist als ich
248. … weil Du auch gerne naschst
249. … weil Du immer alles reparierst
250. … weil Du mir immer noch Schmetterlinge im Bauch verursachst
251. … weil Du das Nonplusultra bist
252. … weil Du verantwortungsbewusst bist
253. … weil Du Dich immer nach mir sehnst
254. … weil Du Dich für Politik interessierst
255. … weil Du nie einen Termin mit mir vergisst
256. … weil Du immer pünktlich bist
257. … weil Du richtig chaotisch sein kannst
258. … weil Dir Astrologie sternschnuppe ist
259. … weil Du mich nie die Einkäufe schleppen lässt
260. … weil Du es mir gerne durch die Blume sagst
261. … weil Du gerne mit mir ausgehst
262. … weil Du allen zeigst, wie stolz Du auf mich bist
263. … weil Du die Sonne liebst
264. … weil Du jeden Grashalm behüten möchtest
265. … weil Du so gerne diskutierst
266. … weil Du auf alles eine Antwort hast
267. … weil Du andere Meinungen tolerierst
268. … weil Du die Natur liebst
269. … weil Du so romantisch bist
270. … weil Du immer optimistisch bist
271. … weil Du zupacken kannst
272. … weil Du mich immer zum Lachen bringst
273. … weil Du einen so süßen Po hast
274. … weil Deine Bartstoppeln immer so schön pieksen
275. … weil Du alles für unsere Liebe tun würdest
276. … weil Du Stil hast
277. … weil Du nicht immer den neuesten Trends hinterher jagst

278. … weil Du keine Handys magst
279. … weil Du nicht stundenlang im Internet surfst
280. … weil Du im Winter eine so schöne Heizung bist
281. … weil Du im Sommer so erfrischend bist
282. … weil Du gerne und oft mit mir telefonierst
283. … weil Du alles genauso intensiv erlebst wie ich
284. … weil Du einzigartig bist
285. … weil Du dafür sorgst, dass es mir gut geht
286. … weil Du mit deiner Nase immer Flecke auf meiner Brille machst
287. … weil Du den Bauch nur für mich einziehst
288. … weil Du mich morgens so süß weckst
289. … weil Du den Augenblick genießen kannst
290. … weil Du Dich nicht zu ernst nimmst
291. … weil Du gerne mit mir zusammen duschst
292. … weil Du mein tollstes Ruhekissen bist
293. … weil Du so schön Hemden bügeln kannst
294. … weil Du auch den Müll runter bringst
295. … weil Du immer so gut riechst
296. … weil Du viel zu erzählen weißt und ich Dir gerne zuhöre
297. … weil Du so toll Bilder an die Wand hängen kannst
298. … weil Du auch die Fenster putzt
299. … weil Du nie weiße und dunkle Wäsche zusammen in die Maschine wirfst
300. … weil Du mich zu nichts drängst
301. … weil Du nie den Teufel an die Wand malst
302. … weil Du auch für andere ein toller Freund bist
303. … weil Du mir nie in den Rücken fällst
304. … weil ich der Mittelpunkt in Deinem Leben bin
305. … weil Du immer ganz ruhig bleibst, wenn ich mich aufrege
306. … weil Du mir schon so vieles gezeigt hast
307. … weil Dir nie etwas zuviel wird
308. … weil Du bist, wie Du bist
309. … weil ich Dich brauche
310. … weil Du der Schlüssel zu meinem Glück bist
311. … weil ich Dir alle meine Gefühle schenken kann
312. … weil Du meiner Seele so gut tust
313. … weil Du mein Rettungsboot in stürmischer See bist
314. … weil Du Dunkelheit nicht zulässt
315. … weil Du mich bremst, wenn ich zu übermütig werde
316. … weil ich mich Dir blind anvertrauen kann
317. … weil ich mit Dir die schönste Zeit meines Lebens verbringe

318. … weil ich nicht schlafen kann, wenn Du nicht da bist
319. … weil Du die Endstation meiner Sehnsucht bist
320. … weil Du mich stark machst, wenn ich schwach bin
321. … weil Du ein Buch bist, das ich nie auslesen werde
322. … weil ich mit Dir niemals allein bin
323. … weil ich singen und tanzen könnte, wenn ich Dich sehe
324. … weil Du nicht tanzen kannst, aber es immer wieder versuchst
325. … weil ich mit Dir Pferde stehlen könnte
326. … weil Du für mich der Himmel auf Erden bist
327. … weil Du meine Tränen trocknest
328. … weil Du mein Lotto-Sechser bist
329. … weil Du die Straße meines Lebens bist
330. … weil Du nicht über andere herziehst
331. … weil Du mein Urlaub von allen Sorgen bist
332. … weil Du das Ende der Traurigkeit bist
333. … weil ich immer Deinen Rücken eincremen darf
334. … weil wir in dieselbe Richtung sehen
335. … weil es für Dich hinter dem Horizont weiter geht
336. … weil Du den Swing ins Leben bringst
337. … weil Du so jung bleibst
338. … weil Deine Streiche immer liebenswürdig sind
339. … weil Dein Wesen sich in meinem spiegelt
340. … weil Du immer abnehmen willst, aber auch mal Mond spielst und zunimmst
341. … weil Du im Haushalt mithilfst
342. … weil Du den Überblick hast
343. … weil Du mich geheiratet hast
344. … weil Du nie meckerst
345. … weil Du Dir keine andere Frau an Deiner Seite vorstellen kannst
346. … weil Du ein Erfinder bist
347. … weil Du manchmal chaotisch bist
348. … weil Du mich mit dem Regenschirm am Auto abholst
349. … weil Du alle meine Sorgen wegküsst
350. … weil es für uns nur Gegenwart gibt
351. … weil Du Balsam für meine Seele bist
352. … weil Du mir einfach gut tust
353. … weil Du mein Laken immer glatt streichst
354. … weil Du mein Kopfkissen aufschüttelst
355. … weil Du immer weißt, was Du willst
356. … weil Du die Ruhe selbst bist
357. … weil Du nie rumzickst

358. … weil Du mein Fels in der Brandung bist
359. … weil ich durch Dich restlos glücklich bin
360. … weil Dich alle mögen
361. … weil Du Haare im Waschbecken und offene Zahnpastatuben verabscheust
362. … weil Du auch gerne gemütlich frühstückst
363. … weil Du Dich meines Lebens freust
364. … weil Du Du bist und bleibst
365. … weil ich ich bin, wenn Du bei mir bist

Und warum, liebe Leserin, lieber Leser, lieben Sie Ihren Partner, Ihre Partnerin?

Ach, armer Paul

Heinrich Seidel

Saß im Fegefeuer eine arme Seele,
Die nicht klagte ob der eignen Schmerzen,
Sondern unablässig seufzend rief sie
Einzig immer: »Paul, ach, armer Paul!«
Als vom Himmel nun ein lichter Engel
Niederschwebte, mildiglich zu trösten
Die so viel gequälten armen Seelen,
Blieb doch diese eine stets untröstlich,
Rief nur immer: »Paul ach, armer Paul!«
Und es fragte sie der Engel, liebreich
Kühlung hauchend in die Feuersflammen:
»Sprich, was fehlt dir liebe, arme Seele?«
Und sie sprach: »Ich ließ zurück auf Erden
Meinen theuren guten Mann untröstlich.
Er verzehrt in Jammer sich und Klagen,
Einmal nur, ach, nur noch einmal' möcht' ich
Wiederkehren auf ein Viertelstündlein,
Trost zu bringen seinen wilden Schmerzen.«
»Nun, wohlan, es sei!« so sprach der Engel,
»Aber tausend Jahre länger musst du
Dann in Fegefeuerflammen büßen.«
»Gern, und wären's hunderttausend Jahre«
Und der Engel löste nun die Ketten,
Nahm das Seelchen in die weißen Arme,
Flog mit ihm zur alten Erdenheimath.
Aber weh, du liebe arme Seele,
Weh, im Kreise wüster Zechgenossen
Und von einer Dirne Arm umschlungen
Fand sie jenen, den ihr Herz begehrte.
»Lieber guter Engel,« sprach sie tonlos,
»Führe mich zurück ins Fegefeuer!«
Milde strahlte nun des Engels Antlitz:
»Mehr als tausend Jahre Feuersqualen
Hast du hier im Augenblick erduldet!«
Sprach's und trug mit sanftem Arm sie aufwärts
Zu des Himmelreiches goldnen Höhn! –

Alter

Ferdinand von Saar

Das aber ist des Alters Schöne,
daß es die Saiten reiner stimmt,
daß es der Lust die grellen Töne,
dem Schmerz den herbsten Stachel nimmt.

Ermessen läßt sich und verstehen
die eigne mit der fremden Schuld,
und wie auch rings die Dinge gehen,
du lernst dich fassen in Geduld.

Die Ruhe kommt erfüllten Strebens,
es schwindet des Verfehlten Pein –
und also wird der Rest des Lebens
ein sanftes Rückerinnern sein.

Am Teetisch

Heinrich Heine

Sie saßen und tranken am Teetisch,
und sprachen von Liebe viel.
Die Herren, die waren ästhetisch,
die Damen von zartem Gefühl.

»Die Liebe muss sein platonisch«,
der dürre Hofrat sprach.
Die Hofrätin lächelt ironisch,
und dennoch seufzet sie: »Ach!«

Der Domherr öffnet den Mund weit:
»Die Liebe sei nicht zu roh,
sie schadet sonst der Gesundheit.«
Das Fräulein lispelt: »Wieso?«

Die Gräfin spricht wehmütig:
»Die Liebe ist eine Passion!«
Und präsentieret gütig
Die Tasse dem Herrn Baron.

Am Tische war noch ein Plätzchen;
Mein Liebchen, da hast Du gefehlt.
Du hättest so hübsch, mein Schätzchen,
von Deiner Liebe erzählt.

Die Liebe saß als Nachtigall

Emanuel Geibel

Die Liebe saß als Nachtigall
im Rosenbusch und sang;
es flog der wundersüße Schall
den grünen Wald entlang.
Und wie er klang, da stieg im Kreis
aus tausend Kelchen Duft,
und alle Wipfel rauschten leis',
und leiser ging die Luft;
die Bäche schwiegen, die noch kaum
geplätschert von den Höh'n,
die Rehlein standen wie im Traum
und lauschten dem Getön.
Und hell und immer heller floß
der Sonne Glanz herein,
um Blumen, Wald und Schlucht ergoß
sich goldig roter Schein.
Ich aber zog den Weg entlang
und hörte auch den Schall.
Ach! was seit jener Stund' ich sang,
war nur sein Widerhall.

Erotisches Wechselspiel

Fred Endrikat

Sie lagen hinterm Gartenzaun
und waren lieblich anzuschaun.
Fürwahr, ein Pärchen wundervoll,
die Gurke Knill und Kürbis Knoll.
Er schielte schon seit langer Zeit
verliebt hin zu der Gurkenmaid
und brachte ihr ein Ständchen still:
»Dein ist mein Herz, geliebte Knill.«
Sie aber sagt mit stolzem Blick:
»Nee, nee, Sie sind mir viel zu dick.
Verehrter Herr, Sie sind wohl toll.
Das Fett muß weg, mein lieber Knoll!«
Er grämte sich und härmte sich
und schwärmte innig-minniglich.
Er schwoll und schwoll noch Zoll um Zoll.
Schwermütig weinte Kürbis Knoll.
Doch nach und nach und mit der Zeit
ward aus der schlanken Gurkenmaid
ein ganz verschrobenes Idyll,
und Runzeln kriegte Fräulein Knill.
So kam denn auch im Lauf der Zeit
der Ausgleich der Gerechtigkeit.
Sie wölbte sich und wurde krumm,
und Wärzlein wuchsen ringsherum.
Die Warzen wuchsen schnell heran
und an den Warzen Borsten dran.
Auch Falten kamen ebenso
vorn an der Nase und am Po.
In einer lauen Sommernacht
ihr Hochmut ward zu Fall gebracht.
Sie seufzt: »Wenn du noch willst – ich will.«
Da grinste Knoll, es schmollte Knill.
Der dicke Kürbis neckte sie:
»Schön siehste aus, du Borstenvieh.
Das kommt davon, siehst du, mein Gold:
Warum hast du nicht längst gewollt?«
Sie schlug verschämt die Augen zu

und lispelte: »Ach, du Loser, du.«
Bald färbt der Herbst die Blätter braun,
und es wird still am Gartenzaun.
Der Gärtner pflückt die Körbe voll,
er pflückte Knill, und auch den Knoll.
Nun schwelgen beide, Kopf an Kopf,
vereint im großen Einmachtopf,
in Zucker, Essig, Öl und Dill,
sowohl der Knoll als auch die Knill.
So geht es auch im Leben oft:
Was man erwünscht und was man hofft,
das kommt so – wie es kommen soll,
genau wie hier bei Knill und Knoll.
Die Schönheit schwindet mit der Zeit.
Die Liebe währt in Ewigkeit
bei Gurken und bei Damen.
Amen

Herzensverse

Gustav Theodor Fechner

1.

Mein Herz ist ein fest verschlossen Haus.
Es klingelt; – wer ist da? – ruft es heraus.
Ein armer Junge, der schmachtet zur Stell'.
Ei, laß mich in Ruhe und pack' dich Gesell.
Bescheiden jetzo klopft's an die Tür.
Wer ist denn, ruft es, schon wieder hier?
O laßt den Besuch doch, den freundlichen, ein!
Ei, wollt' ich Besuche, was schlöß' ich mich ein?
Ein Rittersmann kommt jetzt schön und schlank;
Er klingelt nicht erst und klopft nicht lang;
Er schlägt ohne weitres die Türe entzwei;
Der schaltet im Hause jetzt frank und frei.

2.

Mein Herz ist eine harte welsche Nuß;
Man schneidet und sticht dran herum zum Verdruß;
Doch hat man die rechte Stelle getroffen,
Liegt der weiche Kern auf einmal offen.

3.

Mein Herz ist wie ein Hühnerei,
Erst war drin alles einerlei;
Doch als dein leuchtendes Aug' es gewärmet,
So ward es lebendig und gackert und lärmet.

4.

Ach laßt mich, mein Herz ist so voll und so schwer,
's geht wahrlich hinein heute keiner mehr;
Doch habt die Güte, kommt wieder morgen.
So kann ich ein Plätzchen vielleicht besorgen.

5.

Mein Herz hat einen eingeseiften Schwanz,
Ich halt' es und halt' es, fort läuft doch der Hans.

6.

Mein Herz gleicht einem Fangeballe,
Fliegt hin und her, es haben's alle;
Zuletzt einst muß das Spiel doch enden,
Dann bleibt er einer in den Händen.

7.

Dein Herz ist ein Brennglas von Eis,
Selbst kalt, macht's andre doch heiß.

8.

Zwei Klöppel die Augen, die deinen,
Mein Herz die Trommel dazu,
Drauf klopfen die Flegel, die kleinen,
Es möchte zerspringen im Nu.

9.

Ich bin ein Stehauf aus Kopf und aus Herz,
Das Herz stets oben, den Kopf abwärts,
Und kehr' ich mit Mühe das Ganze herum,
So kegelt's von selber doch gleich wieder um.

10.

Mögen andre sterben vor Liebesdurst!
Ich trinke mein Bier und esse meine Wurst;
Das Herz ist doch nur eine Bommel am Magen:
Was soll ich viel mich damit plagen?

11.

Dein Herz muß wohl eine Kirche sein,
Was ließest du sonst alle Anbeter ein?
Sie werden ein Weilchen drin beten und singen,
Zu bleiben wirst du doch keinen zwingen.

12.

Vernunft und Liebe im Kopf,
Die wollen zusammen nicht taugen,
Vernunft drum fährt in den Zopf,
Die Liebe ins Herz und die Augen:
Da hat sie nicht lange Ruh',
Sie schürt ein Feuer, das fackelt,
Der Zopf, der schüttelt dazu,
Die ganze Perücke, die wackelt.
Da flammt es hell in die Höh';
Der Zopf, er sprudelt im Feuer;
Nun läuft die Liebe, o weh,
Fort mit dem Kopf ohne Steuer.

Pst!

Wilhelm Busch

Es gibt ja leider Sachen und Geschichten,
Die reizend und pikant,
Nur werden sie von Tanten und von Nichten
Niemals genannt.

Verehrter Freund, so sei denn nicht vermessen,
Sei zart und schweig auch du.
Bedenk: Man liebt den Käse wohl, indessen
Man deckt ihn zu.

Sicherer Trost

Joseph Christian Freiherr von Zedlitz

Traurig hängst Du das Köpfchen,
Weil muß geschieden seyn:
Meintest Du, närrisches Mädchen,
Ich sey für ewig Dein?

Deine Blume hab' ich nicht gebrochen,
Dein Kränzchen Dir nicht geraubt;
Die Luft hat mit Dir gesprochen,
Dem Winde hast Du geglaubt!

Und weil ich Dich eben genommen,
So wie ich Dich eben fand,
So meinst Du, mich hätte geschlungen
An Dich ein ewiges Band?

Und weil ich gelegen im Fieber,
Und hab' Dich im Traume geküßt,
So meinst Du, ich hätte für's Leben
Als meine Braut Dich gegrüßt? –

Sey ruhig und trockne Dein Thränchen,
Ich weiß, daß Dein Herzchen nicht bricht.
Heiß Blut und achtzehn Jahre –
Mein Mädchen, Du stirbst noch nicht!

Musik

Jung-Katerverein für Poesie-Musik

Heinrich Heine

Der philharmonische Katerverein
War auf dem Dache versammelt
Heut nacht – doch nicht aus Sinnenbrunst;
Da ward nicht gebuhlt und gerammelt.

Es paßt kein Sommernachthochzeitstraum,
Es passen nicht Lieder der Minne
Zur Winterjahrzeit, zu Frost und Schnee;
Gefroren war jede Rinne.

Auch hat überhaupt ein neuer Geist
Der Katzenschaft sich bemeistert;
Die Jugend zumal, der Jung-Kater ist
Für höheren Ernst begeistert.

Die alte frivole Generation
Verröchelt; ein neues Bestreben,
Ein Katzenfrühling der Poesie
Regt sich in Kunst und Leben.

Der philharmonische Katerverein,
Er kehrt zur primitiven
Kunstlosen Tonkunst jetzt zurück,
Zum schnauzenwüchsig Naiven.

Er will die Poesiemusik,
Rouladen ohne Triller,
Die Instrumental- und Vokalpoesie,
Die keine Musik ist, will er.

Er will die Herrschaft des Genies,
Das freilich manchmal stümpert,
Doch in der Kunst oft unbewußt
Die höchste Staffel erklimpert.

Er huldigt dem Genie, das sich
Nicht von der Natur entfernt hat,
Sich nicht mit Gelehrsamkeit brüsten will
Und wirklich auch nichts gelernt hat.

Dies ist das Programm des Katervereins,
Und voll von diesem Streben
Hat er sein erstes Winterkonzert
Heut nacht auf dem Dache gegeben.

Doch schrecklich war die Exekution
Der großen Idee, der pompösen –
Häng dich, mein teurer Berlioz,
Daß du nicht dabei gewesen!

Das war ein Charivari, als ob
Einen Kuhschwanzhopsaschleifer
Plötzlich aufspielten, branntweinberauscht,
Drei Dutzend Dudelsackpfeifer.

Das war ein Tauhu-Wauhu, als ob
In der Arche Noä anfingen
Sämtliche Tiere unisono
Die Sündflut zu besingen.

O, welch ein Krächzen und Heulen und Knurrn,
Welch ein Miaun und Gegröhle!
Die alten Schornsteine stimmten ein
Und schnauften Kirchenchoräle.

Zumeist vernehmbar war eine Stimm,
Die kreischend zugleich und matte
Wie einst die Stimme der Sontag[1] war,
Als sie keine Stimme mehr hatte.

Das tolle Konzert! Ich glaube, es ward
Ein großes Tedeum gesungen,
Zur Feier des Siegs, den über Vernunft
Der frechste Wahnsinn errungen.

Vielleicht auch ward vom Katerverein
Die große Oper probieret,
Die Ungarns größter Pianist
Für Charenton[2] komponieret.

---

1) Henriette Sontag (1806–1854) war eine international gefeierte deutsche Opernsängerin
2) Im Hospiz zu Charenton wurde Jean Paul Marat zwangsverwahrt
und ermordet (vgl. das Theaterstück von Peter Weiss)

Es hat bei Tagesanbruch erst
Der Sabbat ein Ende genommen;
Eine schwangere Köchin ist dadurch
Zu früh in die Wochen gekommen.

Die sinnebetörte Wöchnerin
Hat ganz das Gedächtnis verloren;
Sie weiß nicht mehr, wer der Vater ist
Des Kindes, das sie geboren.

War es der Peter? War es der Paul?
Sag, Lise, wer ist der Vater?
Die Lise lächelt verklärt und spricht:
O Liszt! du himmlischer Kater!

Nachtgebet eines Chorleiters

Anonym

Lieber Herrgott, steh mir bei,
dass bei den Proben Ruhe sei,
und dass aus dieser Hammelherde
ein Kreis aus zarten Lämmlein werde.
Auf dass sie nicht die Probe stören
und nur auf mein Kommando hören,
denn mir allein soll diese Runde
gehorchen in der Sangesstunde.
Hilf mir auch, dass sie nicht schlafen,
wenn sie dann ruhig sind, die Braven;
dass, wenn den Taktstock ich erhebe
der ganze Chor aufs Neu' erlebe.
Hilf dem Sopran so gut es geh'
Hinauf bis zu dem Hohen C.
Bis tief in'n Keller hilf dem Bass,
dann macht mir's Dirigieren Spaß.
Hilf dem Alt und dem Tenor,
dass ihre Töne komm' hervor,
so rein und klar wie Morgentau,
und den Text lern' ihnen au'.
Und schick mir doch so ab und zu
ein neues Sängerherz dazu!

Ich sing mein Lied
Erich Mühsam

Ich sing mein Lied und wander so,
Bald bin ich hier, bald anderswo.

Der Sänger singt am Weiher leise,
doch singt er etwas leierweise.

Komm doch mit mir auf's Land, o Mine,
wir singen dort zur Mandoline.

Wind und Geige
Christian Morgenstern

Drinnen im Saal eine Geige sang,
sie sang von Liebe so wild, so lind.
Draußen der Wind durch die Zweige sang:
Was willst du, Menschenkind?

Drinnen im Saale die Geige sang:
Ich will das Glück, ich will das Glück!
Draußen der Wind durch die Zweige sang:
Es ist das alte Stück.

Drinnen im Saale die Geige sang:
Und ist es alt, für mich ist's neu.
Draußen der Wind durch die Zweige sang:
Schon mancher starb an Reu.

Der letzte Geigenton verklang;
die Fenster wurden bleich und blind;
aber noch lange sang und sang
im dunklen Wald der Wind …

Was willst du, Menschenkind …

Rätsel

Rätsel

Gustav Theodor Fechner

1.

Ich bin ein schwarzer Ritter,
Doch hab' ein weißes Roß,
Mein Sporen schmeckt ihm bitter,
Sein Zorn darob ist groß.
Es möchte mich zermalmen,
Schlägt nach mir kreuz und quer,
Doch ob sein Zorn mag qualmen,
Es kümmert mich nicht sehr;
Sitz' auf der Croupe hinten,
Wenn mich sein Schlag sucht vorn,
Bin auf dem Hals zu finden,
Sucht hinten mich sein Zorn;
Und will sich's müde legen,
So sporn' ich's wieder auf,
Bin immerdar verwegen,
Bin immer oben drauf.

2.

Die erste Silbe gut zu nützen,
Mußt du sie recken bald, bald spitzen,
Mußt sorglich ja das Blasen scheuen,
Sie bald verschließen und bald leihen.
Damit die andern zwei dir frommen,
Genügt als Anweisung vollkommen,
Sie grad' nur in den Mund zu stecken;
Sie werden sicher gut dir schmecken.
Das Ganze klüglich anzuwenden,
Mußt du recht rüstig sein von Händen,
Und, eh' der andre es mag denken
Ihn mit der Gabe rasch beschenken.

3.

Die Erste besteht aus lauter Leichen,
Die ein lebendiges Grab verschlingt,
Viel tausend selbander mögen nicht reichen,
Die schnell der Mann mit der Hippe bezwingt.

Der andern Paar enthält zuweilen
Das, was die erste Silbe genannt;
Und immer ist es, was leicht zu teilen,
Bald Korn, bald Geld, bald Mist, bald Sand.
Das Ganze baut vor euern Blicken
Als ein Gebirge rasch sich auf,
Noch niemand fiel von seinem Rücken,
Doch fällt wohl mancher gern darauf.

4.

Du siehst im ersten Silbenpaar
Das Schönste auf der Erde;
Ein junger Offizier sogar
Hält höher es als Pferde.
Die Dritte sucht manch armer Tropf
Im Schiffbruch zu gewinnen,
Doch hat sie jemand vor dem Kopf,
So litt er ihn schon drinnen.
Das Ganze ist ein eben Feld,
Auf dem wird viel gestritten;
Auch manche Dame kämpft als Held
und jede ist beritten.

5.

Die erste Silbe ist ein kleines Adjektiv,
Wenn du's erraten willst, denk' nicht, sein Sinn sei tief;
Und wenn es dir gelang, daß du's erraten hast,
Trag nicht dein Näslein so, daß d'rauf das Beiwort paßt.
Die zweite Silbe hält dir nirgends Stand noch Stich;
Läuft stets nach dem, was vorn, und wirft's gleich hinter sich,
Läuft ohne Rast und Ruh'; du fragst: nach welchem Ziel?
Den Allerweisesten wohl fragst du da zu viel.
Das Ganze ist bestimmt, aus zwei zu machen eins;
Gern wird dabei geleert ein Becher besten Weins;
Getanzt, gelacht, gespielt; niemand an Übles denkt;
Doch ward es manchem Grund schon, daß er sich gehenkt.

6.

Die beiden Ersten machen
Den Weibern oft es nach,
Jetzt sieht man sie noch lachen
Und weinen gleich danach.
Ein Sultan ist die Dritte,
Geht stets gespornt einher
Mit stolzem Herrschertritte,
Doch niemals reitet er.
Das Ganze ist beweglich
Zwar, wenn es still steht, stumm,
Doch schreit's mitunter kläglich,
Sobald sich's dreht herum.

7.

Die Erste ist von großer Macht,
Besiegt den Sieger nach der Schlacht,
und alle Menschen fallen nieder,
So oft die Mächt'ge kehret wieder.
Das Paar der andern übersteigt
Die Höhe, die der Mensch erreicht,
Doch oft sieht man sie niedersteigen,
Vor ihresgleichen sich zu neigen.
Das Ganze strebt nach keinen Höh'n,
Läßt alles wie es geh'n will geh'n,
Und ging' es stets aus seinem Ton,
Nie gäb' es Revolution.

8.

Es ist ein kleines Wickelkind,
Liegt da erst kalt und starr und blind,
Dann ist ein kurzes Leben
Auf einmal ihm gegeben.
Da wird es warm, da blickt es hell,
Fängt an zu atmen, wird ein Quell
Von Lust, ein kleiner Segen
Für den, der sein will pflegen.
Doch lange bringt's ihm nicht Gewinn,
Denn statt zu wachsen, schwindet's hin;
Der Geist entweicht nach oben,
Der Leib ist bald zerstoben.

9.

Die ersten beiden reiten ein Pferd,
Ein Pferd, das nur ein paar Heller ist wert,
Sie reiten hinauf auf einen Berg;
O weh, was treiben sie da für ein Werk!
Der Silben dritte treibt Knall und Fall
Ein kleines Wesen aus seinem Stall;
Es flieht, von hinten gejagt, wie ein Pfeil,
Und wehe, erreicht's dich in seiner Eil'.
Das Ganze fällt mit grimmigem Zahn
Ganz unversehens im Rücken dich an;
Und wehe, erträgst du es nicht mit Geduld,
Dich nur zu rühren, straft es als Schuld.

10.

Ich bin bei der Kirche angestellt,
Mein Wesen ist ganz erbaulich
Und über den Dingen dieser Welt
Mein Standpunkt hoch und beschaulich.
Mein Wort ist einfach, doch hat es die Macht,
Zur Andacht zu rufen die Frommen;
So dien' ich der Kirche bei Tag' und bei Nacht
Und bin doch hinein nie gekommen.

11.

Wenn du durch Raten nicht die Erste kannst erzwingen,
Ich geb' dir einen Schlag, so wird's sogleich gelingen.
Die zweite Silbe hat nur durch Beziehung Sinn;
Doch nennt die Liebste so den Liebsten oft schlechthin.
Die Dritte rufet zu den roten Sonnenrossen:
Ihr Schläfer, wachet auf, was säumt ihr so verdrossen!
Das Ganze wohnt im Wald, suchst du es da nicht gern,
Ei nun, so geh zu Tisch bei einem hohen Herrn.

12.

Zwar hab' ich beinah kein Gewicht,
Jedoch an Umfang fehlt mir's nicht;
Bin vielmehr eine kleine Welt,
Die sich im Raume schwebend hält;
Was immer darauf webt und lebt,
Ist alles nur aus Licht gewebt;
Ein Hauch, durch den ich erst entstand;
Ein Hauch, durch welchen ich verschwand.

13.

Am Paar der Ersten freut nach wackern Taten
Wohl jeder sich, sie winken ihm zur Rast;
Das Paar der andern hat gar oft verraten
Den Lügner als ein ungebetner Gast.
Das Ganze ist die allerschönste Schleppe.
D'ran Gold und Purpur streiten um den Sieg;
Man sieht sie decken noch die hohe Treppe,
Nachdem die Königin schon niederstieg.

14.

Siehst du die zweite Silbe geh'n,
Folgt oft die erste hinterdrein:
Siehst du die zweite Silbe steh'n,
Geht oft die erste in sie ein.
Oft, wenn die erste Silbe liegt,
Siehst du das Ganze sitzen d'rauf;
Oft, wenn die erste Silbe fliegt,
Siehst du das Ganze springen auf.

15.

Willst du zurücke kehren
Im Lenz aus fremdem Raum,
So soll dich niemand stören
Im Häuslein auf dem Baum.
Doch willst du mir verkümmern
Den Lenz, das Morgenrot
Und was sonst schön mag schimmern,
So steche man dich tot.

16.

Bin ich Wasser, bin ich Luft,
Bin ich Geist, bin ich Duft? –
Etwas von dem allen;
Fahr' hinaus mit Gebraus,
Und zu Saus und zu Braus
Laß ich's auch noch knallen.

17.

Kannst du mir sagen, welcher Stand
Von einem Worte ist genannt,
Was grad' das Gegenteil besagt
Von dem, womit der Stand sich plagt.
Wohl oft jagt den, den nennt das Wort,
Der Andre, auf den's passet, fort.

18.

Die Erste heißt lateinisch hinten,
Doch deutsch bewegt sie sich nach vorn;
Die andre ist stets vorn zu finden,
Als Schmuck und Waffe für den Zorn;
Das Ganze ist bald vorn, bald hinten,
Schweigt hinten und spektakelt vorn.

19.

Die beiden ersten Silben geben Rat,
Du sollst begehen eine schlimme Tat;
Es ratet dir das Paar der andern beiden,
Daß du was Schlimmes selber sollst erleiden;
Ich rate dir, vom Ganzen bleibe weg,
Wenn grau dein Röcklein ist und wenn du liebst den Speck.

20.

Aus der ersten Silbe macht man Soldaten,
Auch tun die Soldaten damit viele Taten;
Die andre gleicht einem winzigen Stecken
Und dienet statt Zwecken, was feste zu stecken;
Das Ganze gebrauche niemals mit Hitze;
Es ist nicht mehr nütze, verliert es die Spitze.

21.

Die Ersten sind ein Untertan,
Die Letzte ist ein Untertan,
Das Ganze ist ein Untertan,
Der von dem letzten Untertan
Wird unter den ersten Untertan
Ganz untertänigst getan.

22.

Auf weißem Feld
Sind zweie gesellt;
Das Eine zerspält,
Was das andre hält;
Wozu sie bestellt,
D'rum dreht sich die Welt.

23.

Die Erste wird gebaut im Lenze
Von Baumeistern, die haben Schwänze;
Die adern gilt's nicht anzustrengen,
Nur etwas Leichtes dranzuhängen;
Das Ganze bleibt daheim zurücke,
Wenn seine Schwestern längst sind flügge.

24.

Das Paar der Ersten ist ein Segen
Für's Land, doch nicht für deinen Hut;
Das Paar der andern zwar kein Degen,
Als Waffe doch nicht minder gut;
Das Ganze unter allen Stegen
Der höchste durch die höchste Flut.

25.

Die erste Silbe ist ein Gott mit tausend Schrecken,
Die andern zwei ein Mensch, bequem zum Necken,
Das Ganze ist gemacht, um d'rauf zu geh'n,
Die beiden andern aber müssen d'runter steh'n,
Sonst würde alles d'rauf und d'runter geh'n.

26.

Die erste Silbe fährt herunter,
Die andre bedeutet selbst herunter,
Am Paar der letzten geht's hinauf,
Am Ganzen geht herab der Lauf.

27.

Die Erste ist das in trocknem Zustande,
Was frisch als die andre wächst in dem Lande.
Weh! wem das Ganze nur steht zu Gebot,
Sich d'ran zu halten, kommt er in Not.

28.

Die erste Silbe lehrt ein fremd' Gewicht dich kennen;
Was nur kein Unding ist, wird dir die zweite nennen;
Das Ganze lob' ich mir, wenn es ist gut geraten,
Es sei vor oder nach, nur nicht anstatt des Braten.

29.

Die Erste enthält die Mittel zum Beißen,
Die Andre enthält die Sachen zum Beißen,
Das Ganze hindert die Mittel zum Beißen
Zu kommen zu den Sachen zum Beißen.

30.

Die Erste ist leicht verdaulich, für Kinder gut zu essen,
Indes an Ält'ren oft die andre frißt und zehrt.
Als wollt' es selber sich und dazu andre fressen,
Sieht stets das Ganze aus, drum laßt es ungestört.

31.

Die Erste zu halten ist oft schwer,
Die andre ist Sache des Glücks gar sehr,
Das Ganze ist nur ein schwarzer Zwerg
Und hebt ganz leicht doch einen Berg.

32.

Es stellt als Frucht das erste Paar,
Als Pflanze sich das andre dar;
Doch wenn ihr beide wollt verbinden,
So wird alsbald ein Tier sich finden.

33.

Die erste Silbe frißt,
Die andre Silbe ißt,
Die dritte wird gefressen,
Das Ganze wird gegessen.

34.

Die beiden Ersten sind mehr als gut:
Mit der Dritten wehrt sich die Gassenbrut;
Das Ganze ist die adlige Klasse
Unter einer sonst sehr gemeinen Rasse.

35.

Die Erste ist ein Wort zum Fragen,
Die andre gut, um zuzuschlagen;
Das Ganze läßt den Gaumen zagen,
Ist aber heilsam für den Magen.

36.

Steh' ich als Riese auf dem Dach,
So ist es wohnlich drinnen;
Steig' ich herab in dein Gemach,
So treib' ich dich von hinnen.

37.

Die Erste teilst du mit den Affen,
Die andre stockt, wenn du willst gaffen;
Das Ganze nenn' ich ehrenwert,
Wenn's vielen dient und einen nährt.

38.

Die Ersten sind des Fleißes Muster,
Die Dritte dient, ihn einzubläu'n,
Das Ganze ist inwendig duster,
Doch Quell von lichtem Kerzenschein.

39.

Das erste Paar freut sich am Flug;
Das zweite Paar freut sich am Pflug;
Das Ganze ist des ersten Fluch.

40.

Geteilt ist's große Zahl zugleich und klein Gewicht;
Vereint ist es ein Streit von Hoffnung und Verzicht.

1. – Floh
2. – Ohrfeige
3. – Heuhaufen
4. – Damenbrett
5. – Hochzeit
6. – Wetterhahn
7. – Schlafmütze
8. – Zigarre
9. – Hexenschuß
10. – Kirchturm
11. – Auerhahn
12. – Seifenblase
13. – Abendröte
14. – Heupferd
15. – Star
16. – Champagner
17. – Bedienter
18. – Posthorn
19. – Mausefalle
20. – Bleistift
21. – Stiefelknecht
22. – Messer und Gabel
23. – Nesthäkchen
24 – Regenbogen
25. – Pantoffel
26. – Blitzableiter
27. – Strohhalm
28. – Pudding
29. – Maulkorb
30. – Griesgram
31. – Maulwurf
32. – Apfelschimmel
33. – Sauerkraut
34. – Edelstein
35. – Wermut
36. – Rauch
37. – Handwerk
38. – Bienenstock
39. – Vogelbauer
40. – Vielleicht

Sonstiges

Auf eine Nase

Heinrich Seidel

Wie ein Rubin auf rosenfarb'gem Grunde
In mildverklärtem Flammenscheine sprüht sie,
Wie eine Purpurros' mit sanftem Runde
Vergnüglich heiter freuderweckend blüht sie.
Im Abendroth manch froh durchschwärmter Stunde
Im Wiederschein viel rothen Weines glüht sie!
O welche Fluthen flossen schon zusammen
Zu schaffen dieses wundervolle Flammen!
Wie viele Lasten Silbers oder Goldes
Dies Kupfer zu erzeugen sind verschwendet,
Wie viele Länder haben schon ihr holdes
Getränk zu ihrem Wohlgedeihn gespendet!
Hinab von Kap-, Bordeaux- und Rheinwein rollt' es
Ohn' Unterlass, bis endlich sie vollendet:
Ein Flammenhügel, eine wundervolle
Mit innrer Gluth getränkte Purpurknolle!

Gedichte der Kaiserin Sisi

Der Gefangene Vogel

Umsonst muß ich zum Himmelsblau,
Gefangen, eingekerkert, schmachten.
Die Eisenstäbe kalt und rauh,
Mein bitt'res Heimweh schnöd verachtet.
Im Seufzen springt bald meine Brust:
Ihr könnt mich lange nicht mehr halten. –
O überschwenglich süße Lust,
Die geistgen Schwingen zu entfalten.
(1854)

In der Nacht des 13. Juni 1888

Gedicht für ihren Vetter und Seelenverwandten Ludwig II.

Ludwig, Ludwig, Königsvetter!
Ludwig, es ist Mitternacht,
Dunkel droht im West ein Wetter,
Doch noch strahlt der Venus Pracht.
Ludwig, sind es nicht zwei Jahre,
Dass Du kalt und todesbleich
Ruhtest auf der schwarzen Bahre,
Und verwaiset steht Dein Reich?
Weinend zieh'n des Sees Fluten
An das Ufer heut heran,
Und des Sees Tiefen bluten,
Wie die Todesstunden nah'n.
Schwere schwüle Düfte treiben
Aus der dunklen Königsgruft,
Rosen und Jasmin betäuben
Wehmutsvoll die nächt'ge Luft.
Rosen und Jasmin bekränzen
Deinen dunklen Sarkophag,
Blumen, die in Thränen glänzen,
Heut an Deinem Todestag.

Dunkel ist die Kirche oben.
Doch es wacht St. Michael.
Rache scheint er zu geloben,
Und sein Schwerdt, schon lodert's hell.

Sonntagskind

Ich bin ein Sonntagskind, ein Kind der Sonne;
Die goldnen Strahlen wand sie mir zum Throne,
Mit ihrem Glanze flocht sie meine Krone,
In ihrem Lichte ist es, daß ich wohne,
Doch wenn sie je mir schwindet, muss ich sterben.
(1880)

Teilnahme

Es strahlt der Mond ober nächtigen Bergen
Auch auf mein trübes Auge her,
Als hätt' mein Schmerz ihn angezogen,
Als frug er mich was mir denn wär'!
Als wollt' er mir verwundert sagen:
»Sonst fand ich Dich nie traurig;
Du dachtest noch der frohen Tage,
Als ich den Himmel schon bestieg.
Du hattest immer 1000 Grüße
An Deinen blonden Schatz bereit
Und träumtest kommende Genüsse
Der Freiheit, der Du Dich geweiht«.
(1854)

Leiden

Carl Spitzweg

Wart allweil auf den Weisheitszahn,
Die andern fallen aus –
I denk, i zieh mein Pelzrock an
Und geh schön stat nach Haus!
Was hilft denn a dös Warten jetzt,
Dös Herstehn da im Schnee;
Da könnt i mi verkältn z'letzt,
Dös Gscheitest ist – i geh!
Zur Einsicht bin i endli glangt,
Den krieg i nimmer – i !
Allweil hat mir vor Weisheit bangt:
An Zahn hats ghabt auf mi!

Ein jeder Mensch ist Patient
Und eigens zu behandeln,
Doch schmecken die Rezept' am End'
Fast all' nach bittern Mandeln !
Willst du ein Weilchen selig sein,
So leg dich auf den Bauch
Dort in die nächste Wiese 'nein,
Inmitt' der Blumen Hauch!

Mit Schmerzen durftst du auf die Welt,
Du weißt nichts mehr davon –
Mit Schmerzen mußt du aus der Welt:
Du merkst es leider schon !

I hab an Hexenschuß,
Weil i'n halt habn muß,
Sonst hätt i'n ned.
Wenn i die Hex nur wißt,
Die allweil auf mi schißt,
I brachts ins Gred.

Bal i mi niedersitz,
Gibts an Stich, wie a Blitz
Fahr i in d'Höh!
Wenn i mi bucken will,
Herrgott, is das a Gfühl,
Ah, dös tut weh!

's is rein zum Teufel holn,
's is, als wär alls verschwolln
Hinten im Kreuz!
D'Hex hätt koa Mitleid ned,
Wenns mi abreißn ted –
Na, sagts, mi freuts.

Trost

»Das einzig Wichtige im Leben
sind die Spuren von Liebe,
die wir hinterlassen,
wenn wir Abschied nehmen.«

— Albert Schweitzer

Der Trost des Staubkorns

Helmut Wördemann

Es war einmal ein Mann, der lag trübsinnig im Garten und grämte sich über sich selbst: »Wenn ich an früher denke,« dachte er, »als ich noch ein Kind war, mit all den schönen Geschichten im Bauch, in denen Helden großartig sind und Heilige ohne Makel, wenn ich bedenke, wie selbstverständlich ich damals tüchtig und gut sein wollte! Ach, es ist nicht viel davon geblieben. Man wird schuldig, eh man sich's versieht, und muss sich noch damit abfinden, dass man gar nicht anders kann. Und mit der Tüchtigkeit ist es auch nicht besser. Man lernt, was notwendig und gut ist, statt zu lernen, was man am besten aus sich macht. Ist doch alles zum Kotzen. Du schöner blauer Himmel, du bist ganz schön weit weg.«

Als er so vor sich hin grübelte, flog ihm ein Staubkorn auf die Nasenspitze. Der Mann sah es nicht, aber er spürte es. Das Staubkorn aber sprach auch zu ihm: »Hör mal, großer Bruder. Was spinnst du dir da zurecht. Ich bin nur ein Staubkorn, aber als solches ein Artverwandter, nicht? Ihr Menschen sagt doch selber immer, dass ihr nicht mehr seid als Staub der Erde. Also pass auf: So klein wie ich bin, ich bin vergnügter als du. Und weißt du auch warum. Nein? Natürlich nicht. Ich zeige es dir. Pass gut auf. Ich rutsche jetzt auf einem Sonnenstrahl auf deine Stirn. Klar? So, jetzt müsstest du mich sehen, denn ich bin dunkler als das Licht. Nun, hast du verstanden, großer Bruder? Auch ich bin nur ein Fleckchen im weiß-goldenen Sommer. Aber jetzt, siehst du mich noch? Nein, siehst du, das liegt daran, dass ich den einen Strahl verlassen habe, um mich im ganzen Licht zu tummeln. Ich meine, wenn du mal in den Himmel kommst, da kannst du noch so dreckig sein, da fällst du weniger auf als eine Bakterie im Ozean. Als ob das Licht so einen winzigen Schatten nicht verkraften könnte. Junge, Junge, wenn der Himmel für euch auch nur so groß ist wie die Erde für mich, dann könntet ihr noch so zahlreich sein und alle schwarz von Sünden … Da kommt die große Flut und macht euch rein, dass euch Hören und Sehen vergeht. Ich aber gehe jetzt ins Wasser und löse mich auf.«

Ein Traum
Johann Gottfried Herder

Ein Traum, ein Traum ist unser Leben
Auf Erden hier.
Wie Schatten auf den Wolken schweben
Und schwinden wir.
Und messen unsre trägen Tritte
Nach Raum und Zeit;
Und sind (und wissen's nicht) in Mitte
Der Ewigkeit.

Nekrolog
Friedrich Schiller

Unter allen, die von uns berichten, bist du mir der liebste,
Wer sich lieset in dir, liest dich zum Glücke nicht mehr.

Trost

Friedrich Rückert

Könnte Trost mir etwas geben,
Könnt' es der Gedanke,
Daß du sahst vom dorn'gen Leben
Nur die blüh'nde Ranke.

Daß ich dir so viele Freuden
Als ich konnte machte,
Alles an dich zu vergeuden
Niemals mich bedachte.

Wie die Sonne dich bescheinend,
Und wie Thau beträufend,
Alle Lust um dich vereinend,
Schönstes auf dich häufend.

Dich mit allen Blumen schmückend,
Blume, die mich schmückte;
Dich mit jedem Spiel beglückend,
Spiel, das mich beglückte!

Ahnend in dein kurzes Leben
Viel zusammen drängend,
Es mit liebendem Bestreben
Innerlich verlangend.

Daß ich, dich vor jedem Harme
Schirmend zu umstricken,
Nie dich ließ aus meinem Arme,
Nie aus meinen Blicken.

Ließ dich's fühlen allerwege,
Fühlen Nacht und Tage,
Daß dich Liebe heg' und pflege,
Liebe heb' und trage.

Daß ich dich gestrafet nimmer,
Selten dich gescholten,
Und mit Schmeicheleien immer
Wieder es vergolten.

Daß ich angethan dir habe,
Was ich Liebes wusste
Und zuletzt dich nur dem Grabe
Hingab, weil ich musste.

Heller würd' ich nun im Herzen
Noch dein Bild bewahren,
Hätt' ich nur des Todes Schmerzen
Können dir ersparen.

Trost

Karl May

Siehst du ein Menschenkind in Tränen,
verhaltnes Schluchzen in der Brust,
so wolle ja nicht, ja nicht wähnen,
daß du mit Worten trösten mußt.
Vermeide es, ihn zu beraten;
geh weiter, aber sende dann
die Liebe, die in stillen Taten
ihm heimlich, heimlich helfen kann.
Berührt ein kalter Schall die Wunde,
so schmerzt er nur und heilt sie nicht;
der Trost wohnt nicht im leeren Munde,
er ist des Herzens tiefste Pflicht.
Vor einem Wort am rechten Orte
kehrt wohl der Harm beruhigt um,
doch wahrer Schmerz hat keine Worte,
und auch der wahre Trost ist stumm.

Trost
Wilhelm Jordan

Der Schmerz hat recht und nur im Schmerze
Liegt was ihn tröstet, was ihn lindert.
Nicht ewig können wir besitzen,
Doch ewig lieben ungehindert.

Und wo wir ewig lieben müssen
Und was wir hatten nie vergessen,
Da wird der Schmerz verlornen Glückes
Zum Dank, dass wir es einst besessen.

Und wenn wir weinend danken lernen,
Dann auferstehn wie neugeboren
In unserm Geist die theuern Todten
Und sind uns ewig unverloren.

Sie sind uns ewig unverloren,
Entrückt, erhöht und doch geblieben;
Denn ewig lernen wir besitzen
Die Theuern die wir ewig lieben.

Trost der Nacht
Ludwig Jacobowski

Weiche Hände hat die Nacht
und sie reicht sie mir ins Bette;
fürchtend, daß ich Tränen hätte,
streicht sie meine Augen sacht.

Dann verläßt sie das Gemach;
rauschen hör' ich, sanft und seiden;
und den Dornenzweig der Leiden
zieht sie mit der Schleppe nach.

Trost im Leiden

Ludwig Aurbacher

Ein Mann, der in großem Reichthum, in Wohlleben und Müßiggang gelebt hatte, verlor all sein Gut, und wurde darob ganz mißmuthig. Um sich zu zerstreuen und zu erholen, verließ er die Stadt, und ging so auf das Land. Er kam zuerst in ein Dorf; da sah er einen Bauer, der in seiner Scheune mit einer Schaufel das Getreide umwendete. Den fragte er warum er das thue? Der Bauer antwortete: damit das Getreide nicht Schaden leide und in Fäulniß übergehe. Darauf kam er auf das Feld, und sah einen Bauer, der pflügte. Den fragt er auch: warum er das thue? Der Bauer antwortete: damit das Erdreich locker werde und Regen und Sonnenschein aufnehmen könne. Er ging weiter, und kam in einen Weingarten; da sah er einen Bauer, der die Reben beschnitt. Er fragte ihn gleichfalls, warum er das thue? Der Bauer antwortete: er beschneide die Reben, damit sie viele und gute Früchte tragen. – Da ging der Mißmuthige in sich, und sagte: Warum ängstet sich meine Seele so hart? Ich bin der Weizen, der geworfelt werden muß, damit er nicht faule. Ich bin das Erdreich, das aufgerissen wird, damit es Segen empfangen könne vom Himmel. Ich bin die Rebe, die beschnitten werden muß, damit sie gute Frucht trage für die Ewigkeit. – Demüthig trug er fortan sein Ungemach, als eine Züchtigung des Himmels.

Trost in Tränen

Johann Wolfgang von Goethe

Wie kommt's, daß du so traurig bist,
Da alles froh erscheint?
Man sieht dir's an den Augen an,
Gewiß, du hast geweint.

»Und hab ich einsam auch geweint,
So ist's mein eigner Schmerz,
Und Tränen fließen gar so süß,
Erleichtern mir das Herz.«

Die frohen Freunde laden dich,
O komm an uns're Brust!
Und was du auch verloren hast,
Vertraue den Verlust.

»Ihr lärmt und rauscht und ahnet nicht,
Was mich, den Armen quält.
Ach nein, verloren hab ich's nicht,
So sehr es mir auch fehlt.«

So raffe denn dich eilig auf,
Du bist ein junges Blut.
In deinen Jahren hat man Kraft
Und zum Erwerben Mut.

»Ach nein, erwerben kann ich's nicht,
Es steht mir gar zu fern.
Es weilt so hoch, es blinkt so schön,
Wie droben jener Stern.«

Die Sterne, die begehrt man nicht,
Man freut sich ihrer Pracht,
Und mit Entzücken blickt man auf
In jeder heiter'n Nacht.

»Und mit Entzücken blick' ich auf,
So manchen lieben Tag;
Verweinen laßt die Nächte mich,
Solang ich weinen mag.«

Nach-Worte

An den Leser zum Schluss

Heinrich Seidel

Ein Bild giebt der Poet uns in Gedichten
Von seinem Sein und seinem tiefsten Wesen,
Und hast du bis ans Ende nun gelesen,
So hab' ich nur noch Eines zu berichten:

Ich wollte hier auf keinen Zug verzichten,
Auch, dass ich manchmal bin ein Thor gewesen
Und an die Narrheit zahlte meine Spesen,
Verschwiegen hab' ich's und verhehlt mit nichten.

Am Schluss des Dramas liebten schon die Alten
Im Satyrspiel vom Ernst sich zu erholen,
Darum verzeih und sei nicht ungehalten!

Nimm auch die derben Scherze auf mit Milde.
Ich gab mich ganz, und somit: Gott befohlen –
Auch dieser Zug gehört zu meinem Bilde!

Das Buch

Heinrich Seidel

Der Erste schreibt es,
Der Zweite vertreibt es,
Der Dritte verschmäht es,
Der Vierte ersteht es,
Den Fünften entflammt es,
Der Sechste verdammt es,
Der Siebente schätzt es,
Der Achte versetzt es,
Der Neunte verpumpt es,
Der Zehnte zerlumpt es,
Der Elfte vergräbt es,
Der Zwölfte verklebt es
Zu Tüten, denn im Krämerladen
Da kommen sie schließlich
Alle zu Schaden!

Das Sonett

Heinrich Seidel

So recht geeignet ist für spitz verzwickte
Verschnörkelte Ideen die verzwackte
Sonettenform, und für modern befrackte
Gedanken eine wunderbar geschickte

Und wer von Weisheit nur ein Körnlein pickte
Und von Ideen nur ein Ideelein packte,
Der zwängt es gerne in die höchst vertrackte
Sonettenhaut, die viel und oft geflickte.

Die Freude dann, wenn das Glück ihm glückte
Und schwitzend er sein Nichts zusammen stückte,
Darob er manche Stunde mühsam hockte!

Doch hilft's ihm nimmer, dass er drückt' und druckte,
Weil gähnend ob dem künstlichen Produkte
Die Menschheit ruhig einschläft, die verstockte!

Die Unterhose

Christian Morgenstern

Heilig ist die Unterhose,
wenn sie sich in Sonn' und Wind,
frei von ihrem Alltagslose
auf ihr wahres Selbst besinnt.

Fröhlich ledig der Blamage
steter Souterränität,
wirkt am Seil sie als Staffage,
wie ein Segel leicht gebläht.

Ein schlechter Schüler

Bruno Horst Bull

Als ich noch zur Schule gehte,
zählte ich bald zu den Schlauen,
doch ein Zeitwort recht zu biegen,
bringte immer Furcht und Grauen.

Wenn der Lehrer mich ansehte,
sprechte ich gleich falsche Sachen,
für die andern Kinder alle
gebte das meist was zum Lachen.

Ob die Sonne fröhlich scheinte
oder ob der Regen rinnte:
wenn der Unterricht beginnte,
sitzt' ich immer in der Tinte.

Ob ich schreibte oder leste,
Unsinn machtete ich immer,
und statt eifrig mich zu bessern,
werdete es nur noch schlimmer.

Als nun ganz und gar nichts helfte,
prophezieh mir unser Lehrer:
wenn die Schule ich verlaßte,
wörde ich ein Straßenkehrer.

Da ich das nicht werden willte,
kommte ich bald auf den Trichter,
stak die Nase in die Bücher,
und so werdete ich Dichter.

Noch'n Abschied

Heinz Erhardt

Es gibt so viele Abschiedslieder,
man hört im Funk sie immer wieder.
Meistens singt sie ein Tenor,
mal singt er mit, mal ohne Chor.
Ich hab ein wenig nachgedacht
und auch so'n Abschiedslied gemacht!

Lebe wohl, adieu, auf Wiedersehn,
addio, tschüß, na denn, gehab dich wohl!
Nun hau schon ab! Viel Glück, bleib gesund,
adé, mach's gut, bis bald, Mahlzeit, Moin!

Ich kann auch auswärts: Au revoir, bye-bye,
arrivederci, oder auch proschtschai!
Nun kommt noch: tschau und servus, na und jetz'
fehlt nur noch das Zitat vom …

»… ach, ich hab vergessen wie der heißt!«

So geht man standesgemäß von dieser Welt

Anonym

Der Gärtner beißt ins Gras.
Der Maurer springt von der Schippe.
Der Koch gibt den Löffel ab.
Den Elektriker trifft der Schlag.
Der Pfarrer segnet das Zeitliche.
Der Spachtelfabrikant kratzt ab.
Der Schaffner liegt in den letzten Zügen.
Der Beamte entschläft sanft.
Der Religiöse muss dran glauben.
Der Zahnarzt hinterlässt eine schmerzliche Lücke.
Der Gemüsehändler schaut sich die Radieschen von unten an.
Der Fechter springt über die Klinge.
Die Putzfrau kehrt nie wieder.
Der Anwalt steht vor dem jüngsten Gericht.
Der Autohändler kommt unter die Räder.
Der Kfz-Mechaniker schmiert ab.
Der Förster geht in die ewigen Jagdgründe ein.
Der Gynäkologe scheidet dahin.
Der Rabbi geht über den Jordan.
Der Optiker schließt für immer die Augen.
Der Tenor hört die Englein singen.
Der Spanner ist weg vom Fenster.
Der Reeder geht über die Planke.

Rumpelstilz
oder
Im Überrumpelungsstil

Mathias Richling

Es war einmal ein Müller, der hatte Arme.

Tja, Literatur ist manchmal sehr kurz.

Index

Weitere Bücher mit beliebten Texten aus SWR Sonntagssendungen

Über 200 Texte und Gedichte zum Lesen und Vorlesen zu folgenden Ereignissen:

Fasching, Muttertag, Hochzeit und Hochzeitstage, Geburtstage, Weinfeste, Advent, Weihnachten und Silvester/Neujahr.

Über 200 besinnliche und heitere Gedichte und Texte zum Lesen und Vorlesen zum Thema »Weisheiten«